この地獄を生きるのだ

うつ病、生活保護。
死ねなかった私が「再生」するまで。

小林エリコ

イースト・プレス

はじめに

目の前にコンソメの箱があった。夜8時のスーパーで私は黄色と赤のパッケージをじっと眺めている。３９８円。値札にはそう書かれていた。手に取りたくても取ることができなかった。大根と鶏のむね肉だけをカゴに入れてレジに向かおうとするのだが、その場を動く気にもなれない。

家にある調味料はめんつゆだけだった。醤油の味に飽きていた。何日間も同じ味を味わっていると舌がおかしくなる。洋風の料理が食べたい。コンソメスープが飲みたい。大根と鶏のむね肉と一緒に煮たらさぞかし美味しいだろう。

でも、大根と鶏肉を合わせた値段よりも高価な調味料を買うことは非常に勇気がいる。誰かに背中を押してもらわないと買えない。

「これくらい買っても大丈夫だよ」

「調味料だから長持ちするよ」

そう言ってもらえたら買う決心がつくのに。でも、そんな言葉をかけてくれる人もいないし、何の躊躇もなくコンソメをレジに持っていくお金もない。

私はとても貧しくて、ひもじかった。貧しさは人の心を穢す。

長袖の裾にコンソメの箱をそっと入れた。細心の注意をはらい、袖の中をくぐらせ、仕事用の鞄の中に滑り込ませる。何事もなかったような顔をしてレジに並ぶ。大根と鶏肉の代金を払う。お釣りを財布に入れて外に出る。一刻も早くその場から立ち去りたかった。いつもより足早に店を出た。誰かに気付かれたらどうしようかと不安だった。誰も追いかけてこないことにホッとしていた。

アパートの鍵を開ける。6畳の部屋は衣類や簡単な家具だけでいっぱいで、一人でいるのにうさぎ小屋のような狭さだ。小さな冷蔵庫に食料品を詰め込む。

シャワーを浴びて髪の毛を乾かす。化粧水も何もつけない。肌はカサカサだった。

蚊取り線香のような形をした電熱線のレンジ台に鍋をのせる。狭い台所で大根と鶏肉を切る。サラダ油を少し入れて温まったところに鶏肉を入れる。続けて大根も入れる。木べらで炒めてから水を加える。ぐつぐつと茹だったのを見計らって、仕事用の鞄からコンソメを取り出す。銀色に包まれたコンソメの紙をピリリと破く。茶色い塊は鶏肉や牛肉やいろんな野菜を煮詰めた味がするのだ。私は実家で母が作ってくれたコンソメスープを思い出していた。

白いお湯に溶けてゆく茶色のキューブ。私の気持ちも同じように溶けてしまえばいいのにと思った。この寄る辺の無い不安が溶けてなくなってしまえばいいのに、と。

お金がないこと、仕事が多すぎること。働いても、働いても12万円しかもらえないこと。国民健康保険に入れなくて、東京にいるのに故郷の父の保険証を使わなければならないこと。いくつもの不安をコンソメスープと一緒に飲み込んだ。不安はまた私の中に蓄積された。

本当にお金がなくなった。入社時に「ボーナスが出る」と言われたのだが、出なかったのだ。少しは生活が楽になると思っていた。私は絶望した。

短大を卒業後、就職浪人をした私がようやくありつくことのできた仕事は、エロ漫画雑誌を編集する仕事だった。漫画が好きで応募したものの、エロ専門の会社だとは思わなかった。入社してからは毎日のように夜遅くまで働いた。基本給が安くてもなんとかなると考えていたが、実際には残業代もつかず、社会保険もなかった。

それでもお盆休みはもらえた。私は実家に帰った。母がすき焼きを用意してくれた。牛肉を最後に食べたのはいつだろう。ガツガツと食べる私を見て母は驚いていた。休みが終わって東京に戻ると仕事はさらに増えていた。

外注するとお金がかかるので、グラビアページのデザインを自分でやらなければならない。豊満な身体と笑顔のまぶしい女性の写真を眺めながら、その女性がより一層魅力的に見える言葉を考えていた。

自分はこんなに惨めで笑うことすらできないのに、綺麗に化粧をしてどこかの海辺で笑っている女性を誉めそやしている。私はきっと一生、海外になんて行けないだろう。私の人生に白い砂浜なんてこれっぽっちも関係がない。

デザイン料の5万円をカットするため、私の仕事は一層増えた。しかし、カットした5万円が私の懐に入ることはない。5万円があれば何が買えるだろう。コンソメが買える。牛肉だって買えるだろう。それから、それから、それから……。

考えたって無意味なのだ。手に入らないものについて考えたって意味がない。早く仕事を終わらせないといけない。デザインが終わったら原稿を取りに行って、漫画のセリフの写植を貼って、印刷所に出して、それから、それから……。

家では泣き続ける日々が続き、夜もあまり寝られなくなった。土曜日の午前中に頑張って通っていた精神科にも行けなくなった。午後2時に精神科のドアのチャイムを鳴らして「薬だけでも出してください」と懇願した。私は薬を飲まなければ眠れない身体になり、精神の安定が保てなくなった。

だが、薬を飲んでも不安を消すことはできない。やがて精神科に通院するのがバカバカしくなり、通うのをやめた。飲み忘れた薬が大量に余っていた。それを捨てないでいたのは私の意思だったのだろうか。

「今月号を出したら死のう」

校了の文字をひたすら書き続けながら、頭の中では死ぬことしか考えていなかった。すべての仕事が終わった週末、私は崩れるように泣いた。学生時代の友人たちに電話をして、仕事が辛いこととお金がないことを話した。友人たちはそれぞれの生活に忙しく、話は聞いてくれるものの、解決策は示してくれなかった。私はこれから死ぬことは口にしなかった。

アルコールと一緒に、余っていた向精神薬を飲んだ。薬は思っていたよりたくさん余っていて、飲んでも、飲んでも減らなかった。めんどくさいな、と思いつつ飲んだ。

薬を全部飲み終えると横になった。家のドアの鍵は開けておいた。鍵が開かなかったら騒ぎが余計に大きくなるだろうから。それが私の最後の気配りだった。

気がついたら私は病院にいて、身体中が管だらけだった。3日間意識不明だった。たくさんの看護師が私を見ていた。両親がベッドの側にいた。二人とも泣きそうな顔をしていた。私はその二人の姿を見ても何も考えることができず、ふたたび目を閉じた。

自殺は未遂に終わった。

私は死ねなかった。

そんな死ねなかった私が再生するまでのお話です。

目次

本書は、著者の同人誌『生活保護を受けている精神障害者が働くまで（仮）』（２０１４年11月）を大幅に加筆修正したものです。

また、巻末の漫画は著者の同人誌『女編集者残酷物語』（２０１６年９月）を一部修正して収録しました。

第1章

精神障害、生活保護、自殺未遂

自殺未遂を起こして実家に戻ったとき、私は21歳だった。東京のアパートで大量に薬を飲んで寝ている私を友人が発見し、救急車で大学病院に運ばれた。3日間、意識不明で生死の境をさまよったのち、一命をとりとめた。

医者からは「精神病院に入院するように」と告げられた。精神病院はどこも満杯でなかなか空きが見つからない。空いている病院があったが、下見をした母は「こんなところに娘を入れられない」と諦めた。それからなんとか、もう1軒空いている病院を見つけ、私ははじめて精神病院に入院した。

精神病院での生活は退屈で、そして悲惨なものだった。最初の頃は散歩もさせてもらえず、病棟に閉じ込められていた。テレビは壊れて電源がつかなかったし、ソファは破れて中の綿がぼろぼろこぼれていた。突然、全身がこわばり、看護師に不調を訴えると説明もなく注射を打たれる。入院している他の患者さんに話を聞くと「5年間入院している」という。私は自分の未来を想像し、一抹の恐ろしさを感じた。

ここから脱出するには「いい患者」、すなわち「看護師に迷惑をかけない患者」でいなければならない。ある日、病棟から実家に電話をかけていたら話が長引いてしまい、私のあとに電話を使いたかった患者さんと喧嘩になってしまった。彼女は私の部屋まで押しかけ、罵詈雑言をまくし立ててきた。だが、看護師を呼んだら問題が大きくなるので、ベッドの中で泣きながら我慢した。他の患者と揉め事を起こさず、看護師の目に留まらないように入院生活を送った結果、3か月で退院することができた。

退院して実家に戻り、再就職のために就活していることを主治医に告げると「2、3年は働かないで休息するように」と言われたので、私は言いつけ通り休んだ。

収入もないのに実家にいるのは苦痛だった。そんな折に、主治医から障害者手帳の申請を勧められた。税金の面で優遇してもらえたり、福祉サービスを受けられるというのだ。私はいまの生活が少しでも楽になるならと思い、障害者手帳の申請をすることにした。医者に診断書をもらい、申請書を書いて市役所の障害支援課に提出すると、半年以上経った頃に手帳が交付された。私はこの瞬間、精神障害者となった。

月日が過ぎ、24歳になっていた。いくらか調子がよくなったので、そろそろ働こうと思い、アルバイトの面接に応募した。前の仕事を辞めた理由を聞かれ、本当の理由は言えず「体調を崩したので」と答えたが、結局は受からなかった。この年齢で、実家暮らしでアルバイトを始めるのは、世間から見たら奇妙なことなのだろうか。一度の自殺未遂で狂ってしまった人生の歯車はもう元にはもどらない。その後も面接を受け続けたものの、すべて落とされた。私は溜め込んでいた向精神薬を一気に飲んだ。

私が倒れているのを見つけた母は、急いで車を出して病院に連れて行く。応急処置を受けている私の横で、母は娘が死なないように祈る。入院中に必要な衣類、洗面用具を準備するために自宅と病院を往復し、お菓子やジュースを買って、入院中の娘を母は見舞った。退院するとき、母は私の荷物をまとめてくれた。2年くらい経つと元気になって、また仕事をしようと面接を受けるが、ことごとく落ちて、落ち込み、ふたたび自殺に走る。昼間、突然不安になり、自殺しようとすることもある。

こんなことを繰り返している娘と同居する母の気持ちはどんなものなのだろうか。母はきっと、娘が死にさえしなければいいと思っていただろう。娘の機嫌を損ねないように生活をし、娘の食事の準備、洗濯、掃除をし、病院に行くときには車を出す。自殺未遂をする娘を世話する母はアルコール依存性の夫の世話をする妻のようだ。不安定な娘の世話に母は疲れ切っていただろう。しかし同時に、私の面倒をみることは母の生き甲斐にもなっていた。私の失敗をすべて拭い去る母と私は、完全に共依存関係にあった。

すでに、誰も私の回復を信じていなかった。医者も親も。そして私自身も。

「腕のいい医者がいる」という情報を聞きつけると、その病院を訪れて受診した。何度も転院を重ねるうちに信頼できる主治医に出会った。主治医が独立して開業すれば、そのクリニックに通院した。そこは診察室のほかにデイケアが併設されていて、主に外来患者が利用できるようになっていた。デイケアとは作業やレクリエーションなどを通して生活リズムを安定させたり、コミュニケーション能力の訓練をしたりする場所だ。スタッフには看護師や精神保健福祉士、作業療法士などがいる。

精神科の診察とデイケアでのリハビリのため、1週間のうち、3回ほどクリニックに通う。デイケアでは同じ病気の人とおしゃべりをしたり、料理をしたり、歌を歌ったり、ゲームをしたりして過ごした。日々の行き場がない私にとって、デイケアだけが社会とのつながりだった。

そんな毎日が数年間続いた。仕事をしていないと昼間はとても長い。自分がデイケアで過ごしているあいだに同年代の人たちは会社に行って働いていることを思うと、世間と自分の現状との隔たりが恐ろしかった。デイケアで同じ病気の人に出会うとその恐怖は少し紛れたが、根本的な解決にはならなかった。

いつしか「一生デイケアに通わなければならないのか」という不安から、デイケアに行くと具合が悪くなりはじめた。30歳を目の前にして何の仕事もしておらず、大人の幼稚園のようなデイケアに通うだけの毎日。デイケア以外の場所に行きたいのに、デイケア以外に行く場所がない。そのことに気がつくと、また無性に死にたくなった。

そんなある日、クリニックから電話がかかってきた。

「小林さん、いつまでも実家にいないで一人暮らししなさいよ」

クリニックでは自立のため通院患者に家を出ることを勧めていた。私はいつも「仕事もないのに家を出れるわけないじゃないですか」と断っていた。しかし一方で、私は実家を出たいとも感じはじめていた。朝から晩まで話し相手は母親だけという生活に辟易していたのだ。

また、実家は恐ろしく辺鄙な場所にあった。平坦な道が続き、ときおり、ポツンと店が現れる。その店も、できてはつぶれ、違う店が入る。空いたまま誰も入らない店舗もある。喫茶店など滅多になかったが、あるとき突然、スターバックスができた。大きな商業施設の中にあり、ほとんどの利用客は車で行くのだろうが、私は車の免許を持っていないので自転車で行った。くたくたになるまで自転車を漕いで、フラペチーノを頼む。だが、スターバックスはそんな苦労をしてまで行く店ではない。

スターバックスの隣には回転寿司のお店があり、ジャージを着たカップルがときおり食事している。商業施設を出ると、ときどきガソリンスタンドがあるのみだ。最寄りの本屋に行くのには自転車で30分以上は軽くかかる。しかし欲しい本はお店に置いていないので、毎回取り寄せなければならない。

これがこの土地のすべてだった。生まれ育った土地ではないため、10代の頃の知り合いに会わずに済むのはありがたいが、それ以上に寂しさがこみ上げてくる。

私は東京が好きだった。高校時代にいわゆる「サブカル」の本や音楽に出会い、渋谷や中野に憧れた。短大は都心を選んだ。短大で新しくできた友達と渋谷のタワーレコードで新譜を探し、中野のタコシェや新宿の模索舎（ともに自費出版物などを扱うお店）でミニコミを買った。週末はクラブやライブハウスへ行き、踊り狂った。

そんな私にとって、この田舎はあまりに退屈だった。それに、友達はみんな東京に住んでいて、会う機会がぐんと減った。東京の友達には新しい友達ができて、私のことはあまり気にかけてもらえなくなった。人づてに友達が結婚したと聞いた。結婚式にも呼んでもらえないくらい、私は忘れ去られていた。

漫画の編集者になり、生活が苦しかったあの頃、どん底ではあったが、友達とも頻繁に会い、家にも遊びに来てくれた。貧乏だったが、まだそばに誰かがいた。

都心とは言わずとも、せめてもうちょっと東京に出やすいところに住みたい。いま住んでいる場所は新宿まで軽く2時間はかかる、電車を逃したら次の電車まで30分待たなければならないこの街は生きづらい。

そもそも仕事に就けたとしても、この実家から通うことができるのか不安だ。仕事を探していた頃、何社か東京の会社を受けたのだが、すべて落とされた。私の経歴に問題があるのかもしれないが、この田舎に住んでいることも原因のひとつだと思う。通勤する自信もないまま面接を受けていたのが面接官にも伝わっていたのだろう。

近所で働こうと日曜の新聞に入る広告に目を通してみても、求人はほとんどなく、車がなければ通勤は難しそうだ。田舎での暮らしに馴染むこともできず、何の希望も見いだすことができない。

それに、私だってこれ以上、自殺行為を繰り返すのはこりごりなのだ。自殺未遂の場合は健康保険が適用されず、医療費を10割払わなければならない。繰り返しの自殺未遂で身体もボロボロだ。私はやっと覚悟を決めた。生まれ変わらなければいけない。家を出よう。

「実家を出たいです。出られるんですか」

「出られるわよ。仕事を探せばいいし、なんなら生活保護っていうのもあるのよ」

スタッフはこともなげにサラリと答えた。

生活保護ってなんだろう。障害者が使える福祉サービスのひとつだろうか。私は障害の重さが認められれば一定の額の年金が支給される障害年金を受給していた。ふた月に一度、銀行口座に十数万円が振り込まれる。生活保護も障害年金のようなものなのかもしれない。

スタッフの軽い口調から、そんなに特別な制度ではないのだろうと思った私は、生活保護がどのような制度なのか詳しく聞くことはしなかった。家を出るための手段として「生活保護」という単語を頭の片隅に置いておいた。

家を出る決意を伝えてからは、母はクリニックのスタッフと面談のため、頻繁に外出するようになった。ある日、面談を終えて帰宅した母はこう言った。

「エリコちゃんは一人暮らしなんて無理よね。できないわよね。料理は毎日お母さんが作ったものを食べているし、洗濯もできないし、お掃除だってしないものね。全部お母さんがやっているものね。エリコちゃんはどれもやっていないもの。お風呂掃除はたまにしているけど、それだけじゃね。ゴミ捨てもわからないし。エリコちゃんには一人暮らしはできないわ。無理よ」

母にとって精神病を患い、生活能力もなく、自宅とデイケアの往復しかしない娘が一人暮らしをするなど、まるでおとぎ話のようなものだ。服薬管理ができず、病院からもらった薬をためこんで一度に300錠も飲んでしまう娘だ。母は私が大量服薬できないように薬を隠すようになった。死にたいときに薬が見つからず、私はイライラして母に当たり散らしていた。そんな娘でも母は家にいてほしいというのだ。

この世で私のことを本気で心配しているのは母だけだった。こんな私のことを大切な家族の一員として愛してくれている母に対して感謝しなければならない。しかし、私にとって母の愛は重すぎた。私は早く母に見捨てられたかったし、それが叶わないのならば、自殺という形でこの世から消え去りたい。社会から疎外され、何の能力もない私は早く死んだほうがいい。私が実家にいることを許す母は、私が社会に属していなくてもいい、生活能力がなくても構わないと、知らず知らずのうちに決めつけているのだ。

クリニックと相談を重ねた結果、すぐには仕事が見つからないことを見越して、しばらくは実家から仕送りをもらいながら一人暮らしをするということで話がついた。母は最後まで心配していたが、アパートをクリニックの近くで探すことと、スタッフの「お子さんのことは任せてください」という言葉を信じて承諾した。きっと、自分よりも医療従事者に任せたほうがいいと母も判断したのだろう。父の定年退職まであと1年。その時点で仕送りがストップしてしまう。クリニックは1年以内に私を仕事に就かせると約束した。「安心してください。必ず就労させます」というスタッフの言葉に、私も安心していた。

住む物件は母と探した。スタッフが言うには、家賃を生活保護の住宅補助の限度額に抑えたほうがいいらしい。選べる部屋は限られていた。昼から物件を見て、夕方になっても条件の合う部屋が見つからない。最後に見た物件は玄関の脇に洗濯機置き場があった。女が住むのには向いていない。2階建てアパートの2階の部屋。お風呂とトイレは別。ベランダが南向きなのはありがたい。母は南向きにこだわっていたので、この物件が気に入ったらしく、いやに褒める。たしかに床は6畳くらいあるし、押入れもあり、収納は十分だ。しかし、玄関脇の洗濯機が気になる。せめて、ベランダならいいのだが。だが、ひとつくらい気に入らない点があるのは仕方ない。そもそも他にいい物件がないのだ。致し方なくこの物件に決めて、30歳の春、実家を出た。

一人暮らしを始めてからは、親元を離れた解放感と就労を約束してもらえた安堵感から、生きている実感が持てた。

爽やかな初夏の風の中、自転車を漕いでスーパーに向かう。新しい街並みは私を歓迎しているようだった。新鮮なアジをスーパーで買って、どうやって料理しようかとクックパッドで調べる。アジの南蛮漬けと白いご飯に舌鼓を打ち、自分で用意した食事はなんて美味しいのだろうと感動した。

デイケアは午後からなので午前中はゆっくりアパートで過ごす。テレビを見ながら洗濯物をかたづけると、着替えてクリニックに向かう。12時には到着して昼食をとり、14時からのプログラムに参加する。プログラムが終わると、デイケアのメンバーとおしゃべりをして過ごす。デイケアで夕食を食べ、18時には家に帰る。デイケアに通うのにも張り合いが出て、毎日参加していた。しかし、デイケアは仕事ではない。スタッフの指示のもと、手芸をしたり、簡単な料理を作ったりするだけだ。

私は就労に向けて動き始めるのを待っていた。スタッフは母に「必ず就労させます」と約束していた。だからこそ、私は家を出ることが許されたのだ。他のメンバーがクリニックを通じて仕事を紹介してもらったり、合同面接会に連れて行ってもらったりして、職を得てデイケアを卒業していくたびに「次は私の番だ」と期待していた。

「仕事はもうちょっとちゃんとデイケアに通えるようになったらね」

そう言われると、ますますデイケアに真面目に通った。約束をスタッフが破るはずがないと私は思っていた。

そんな日々を半年ほど続けたものの、なおもクリニックのスタッフから具体的な就労の話が出てこないことに対して、不安が芽生え始めた。デイケアで行われているアクティビティは就労に結びつかないという意味で、私にとってはただの日中の時間つぶしでしかない。

クリニック内で擬似就労体験を行うプログラムはあった。「カレーハウス」という、クリニックを見学しに来た人たちにカレーを提供するものだ。朝早くデイケアに来て、前日にスーパーで買っておいた食材を調理するのだが、10人近く参加しているので、何もできずに突っ立っているだけの人もいた。もともとみんな料理があまり得意ではなく、積極的に取り組む人は少ない。ときには鍋を焦がし、ときにはご飯がべちゃべちゃになり、お世辞にも美味しいと言えるカレーではなかったが、それでもお客さんたちはきちんとお金を払って食べてくれた。そのお金は働いたメンバーに配分されるが、一人当たり数百円程度で、何らかのスキルが身につくわけでもなく、就労体験とはいえず、おままごとのようなものだった。

私はクリニックに不満を抱きはじめていた。だが、その気持ちをスタッフに言うことはできない。スタッフのご機嫌をそこねたら、私はクリニックに居るのが難しくなるからだ。母にも相談しなかった。心配をかけたくなかったし、元気でやっていることにしておきたかった。

そうこうしているうちに、実家からの仕送りが途絶える時期が迫ってきた。翌月には仕送りがストップすることが決まった頃になってようやく、私はスタッフに相談をすることにした。スタッフに相談をする際は、あらかじめ面談の予約を入れる決まりになっている。面談日は2週間先だった。

私が他人に相談事をするのが苦手な理由は、相手の時間を割いてもらうことが申し訳ないと思ってしまうからだ。私は自分の価値が低いと感じている。相談する時間をとってもらうのも、何かお願い事をするのにも躊躇してしまう。私みたいな人間が、他人の時間を使うことは悪いことではないか。そうやって問題を自分一人で抱え込んで手に負えなくなってから、はじめて人に助けを求めるのだが、その頃には問題事が膨らみすぎて解決が困難になってしまっている。私に必要なのはもっと早く人に助けを求めることなのだと思う。面談室で勇気を出して事情を話した。

「仕送りが来月で途絶えます。収入は障害年金だけになってしまいます。どうやって生活をしていけばいいんでしょうか」

スタッフがどう答えるのか興味深かった。就労に結びつけるといっていたのに、ずっと後回しにしていたのだ。言い訳をするのだろうか、私に対して謝ったりするのだろうか。相手の目をじっと見た。スタッフはちょっと考えてからこう答えた。

「そうね、障害年金だけじゃ生活できないわね。あなたの場合は生活保護がいいと思うわよ。受けるならうちのスタッフが手続きを手伝うから」

あまりにあっさりとした返答だった。まるで最初から生活保護を受けることが決まっていたかのようだった。本当にそれでいいのだろうか。しかし、私には生活保護を受ける以外の選択肢はない。

「生活保護を受けます」

それについて何ひとつ知らないまま、私は答えた。するとスタッフは慣れた口調で保護を受けるにあたっての指示をした。

「受けるなら銀行の貯金が減ってからのほうがいいから、いまあるお金で電化製品を買い換えなさい」

「電化製品を買い換えるんですか？　お金がないのに？」

「これから買えなくなるのよ。いまのうちに買っておきなさい。貯金が5万円以下になったら、また相談に来て」

「はあ」

どうしてそうしたほうがいいのか私にはわからなかったが、スタッフの言う通り電化製品を高価なものに買い換えた。VHSのビデオデッキを捨てて、高価なブルーレイディスクレコーダーを購入し、テレビもブラウン管のものを捨てて薄型のものに買い換えた。貯金はあっという間に減って5万円を切った。

「電化製品を買い換えました。貯金は言われた通り5万円以下になりました」

「その通帳を持って一緒に市役所に行きましょう。生活保護の手続きに行きます」

「いまからですか?」

「そう、これから行きます。車を出すから、後ろに乗って」

私はこれからどうなるのかさっぱりわからなかった。


それから1週間くらいのあいだ、何回も自宅とクリニックと市役所を行ったり来たりした。そのときのことははっきりとは覚えていない。どのような順序で手続きを踏んだかわからない。覚えているのは市役所の職員に通帳を見られ、財布の中身を小銭までチェックされ、わら半紙に印刷された生活保護に関する説明を読ませられたことだ。そこには小学生向けのテスト用紙のように大きく文字が書かれていて、ご丁寧に漢字にふりがなまで振ってある。

「私は高校生のときは国語で学年トップだったんだ!」

と、怒鳴りつける気も起きない。過去は過去。いまの私は簡単な漢字すら読めない人間にカテゴライズされている。障害支援課のように優しく丁寧に説明してくれるのを期待していたのだが、生活保護課の役人は無愛想で冷たかった。

生活保護申請の書類はとてもシンプルだった。住所と氏名と生年月日くらいしか書くところがない。職員はまるで子供に向かって話すかのように大きな声で制度について説明し、そのことが私のプライドをズタズタに引き裂いた。福祉サービスを受けるってこんな屈辱的なことだったのか。私はうつむいたまま書類を眺め続けていた。生活保護のお金は毎月1日に入るという説明を受けながら、気持ちはどこか遠くにいってしまっていた。早く家に帰りたかった。

生活保護を受け始めてわかったのは、この先に明るい未来などないということだった。毎月定期的に生活保護費は銀行に入金されたが、それ以上も以下もない、ただそれだけの日々がそこには待っていた。

ケースワーカーは訪問しに来るだけで、今後の就労について話すことは一切なかった。月に一度ふいにやって来ると、

「体調はいいですか」

と、玄関先で質問をする。

「元気です」

そう答えると書類にメモをして、足早に去っていった。

そもそも仕事をしてもいいのだろうか。それすらわからない。もう一度外の世界とつ

ながるには働かなければいけないのに、役人は何も教えてくれない。毎月支給される生活保護費で暮らしていて、生活保護の生活に慣れていくことが怖くなった。

「私は一生、生活保護のままで、このアパートで暮らすんだ」と思ったら、目の前が真っ暗になった。寿命が来るまで何年かかるんだろう。30年だろうか、それとも40年？何十年も誰にも会わずに暮らしていかなければならないのなら死んだほうがいい。

楽しいことは何ひとつなかった。好きだった映画館からも足が遠のいた。お金がなくて行けないのもあるが、生活保護を受けているうしろめたさから娯楽を楽しむことができなくなったのだ。昔からの友達にも会いにくくなった。来日した海外アーティストのライブに行こうと誘われたが、生活保護を受けているとは言えずに断った。勇気を出して友人に会っても、友人の納めた税金で生活していることで罪悪感が湧いてしまい、申し訳なさで頭がいっぱいになり、だんだん人に会うことを自分からやめていった。自分の中に恥の感情が膿のように溜まっていき、排出されることもなく、私の身体を蝕んでいった。ひとりぼっちで生きていたくない。今度こそ死のう。そう心に決めた。

インターネットで自殺について書かれた掲示板を見ていた。なんでも、カフェインを大量に摂ると人は死ぬそうである。カフェインが大量に含まれている薬品の名前が書き込まれていた。これらの薬品の元々の役目は、受験勉強中の学生や深夜に働かなければならない人が眠気を覚ますためのものだろう。ネットの人たちはどこからこういう情報を得るのだろうか。苦しみから逃れられる情報に私はすがった。

「これを3箱ください」

店員は薬品を袋に入れてレジを打った。この薬を大量に買っても何も言われないということは、私がこれを飲んで死ぬつもりであるとは思っていないのだろう。ネットに載っているのだから私のほかに自殺目的で買った人がいても不思議ではないはずだが、薬局でこの薬を大量に買うことは禁止されていないのだろうか。

ひとつの店舗で大量に薬を買うと変に思われるので、3か所くらい店を回ることにした。薬局のドアをくぐる。いらっしゃいませと店員の明るい声が響く。レジに向かっていき、店員さんに薬品名を告げる。とても簡単だった。

半径1キロ以内の薬局で何回も同じ薬を買い求めた。自転車のカゴには同じパッケージばかりが入ったビニール袋が3つ詰め込まれていた。ビニール袋は風に揺れてカサカサ音を立てた。その音はおじいちゃんを火葬したときに聞いた、乾いた骨の音みたいだった。

錠剤を箱から出して飲み始めた。いつも飲んでいる向精神薬と違って大きい錠剤なので飲みにくい。未遂で終わってはいけない。全部飲めるだろうかと不安になった。錠剤を水でがぶがぶと飲み干すと、疲れ切って、横になった。

目を覚ますと、私は救急病院に搬送されていた。鼻にチューブを入れられ、胃を洗浄される。警察官に薬を何錠飲んだのかと繰り返し聞かれるが、答えられない。何度も吐き気がこみあげてくるが、胃の中はすでに空っぽで、黒い炭しか出てこない。飲んだ薬の成分を吸着させるために投与されたらしい。炭の混じった胃液が髪の毛に絡まった。

看護師の声で「また先生いなくなって！」と聞こえる。担当医がいないのだろうか。「よいしょ！」の掛け声とともに身体を少し浮かし、ベトベトの髪と身体のままストレッチャーに移動した。

「レントゲンを撮りに行きますよー」

看護師に話しかけられながら、レントゲン室に向かう。背中に当てられた板がひんやりして気持ちいい。撮り終わると処置室に移動した。また警察官がやってきて「実家の電話番号は？」と聞いてくる。答えるのに力を振り絞る。

「うぇーと……ぜろ、にい……わかあない……」

思考能力が奪われ、呂律も回らない。

口からよだれが溢れ、「ぐうぅー」と変な声が出てしまうが、看護師さんが拭ってくれた。ドアの奥から姿を見せた母は「エリコちゃん！」と悲痛な叫び声をあげた。

「お母さん、ごめんなさい、こんなことはもうしません」

思い通りに身体が動かず、変な方向に腕を回しながら、必死に謝った。遅れてきた父はおどおどしながら私を見ていた。

「お父さん、ごめんなさい、こんなことはもうしません」

まるで壊れた機械のように、ごめんなさいの言葉を繰り返した。父は黙ってうんうんと頷いていた。母はその後ろで、悲しそうな目をしていた。

医者が現れた。父と母は頭を下げた。甲高い声でぶっきらぼうに処置の説明をしていた。両親は「申し訳ない」といった感じで頭を下げて聞いていた。父は医者にときどき質問をしていた。

尿道と鼻に入っている管が苦しくて、外してしまいたくなる。

「お母さん、この鼻の管とって」

「活性炭を入れているからとっちゃダメなんだって」

「いつとれるの」

「お母さんにはわからないよ」

苦しそうにする私を案じて、母が看護師さんに管は何時頃に取れるのか尋ねた。

「今夜の12時ですね」

まだ6時だ、先は長い。そう思うと呼吸が苦しくなる。2、3分が30分くらいに感じる。いつ管が取れるのだろう。なぜだかわからないが、ジョン・レノンの「イマジン」がひどく聞きたくなった。12時まであと6時間もある。鼻のチューブが取れたらこの苦しみは軽減されるのだろうか。カテーテルだらけになり、痣が身体中にできていた。全身を拘束されているので、身体は思うように動かせない。

悲鳴をあげるように泣く母を見て、私は情けなくなった。涙も、ごめんなさいの言葉も出なかった。父は「生きててよかった。本当に心配したんだ。生きててよかった」と言いながら、私の手をさすっていた。

今度こそ死ねると思っていた。けれど死ねなかった。自殺は失敗に終わった。私は「また生きなければならない」という虚無感に浸っていた。

一命をとりとめた私はそのまま1週間入院した。鎖骨に針を刺され、人工透析を何回も受けた。心身ともにぼろぼろで、体力が戻らず苦労した。立って歩くだけでも大変だったし、自分がまだ生きていて動けるのは不思議だった。

退院の際は母がやってきて、入院中に増えた荷物を旅行用のバックに詰めてくれた。エレベーターを降りて会計に向かう。1階の待合室で椅子に座ってジュースを口にすると、甘ったるいオレンジの味が口に広がる。会計をしている母の後ろ姿を眺めていた。母は財布を手にしたまま会計の人と何かを話していたが、「えっ！」と小さな驚きの声をあげて、私のところに戻ってきた。

「お金を払わなかったわ。エリコちゃん、生活保護だからお金を払わなくていいんですって」

自殺未遂の救命には相当のお金がかかることを知っている母は呆然としていた。私にとって生活保護は人を生かすものではなく、殺すものでしかなかったが、結果として私は生活保護に助けられていた。

病院の待合室に座ったまま、ぼんやりしていた。

「一人暮らしを始めてから1年半経ったんだ……」

誰に話しかけるでもなく、ぽつりと呟いた。

もうすぐ夏がやってくる。半袖から覗く私の腕は点滴の跡がポツポツと残り、細く頼りなかった。医療用のテープを貼った跡がかゆい。少し汗ばんだ手を握りしめながら、顔をあげて窓を見た。病院の待合室から見える新緑は光を浴びてさわやかに色づいていた。私は泣き方も忘れていた。

第2章

ケースワーカーとの不和

自殺未遂のあとはいつも、自分の身体が動くことに感動する。入院して不自由になった身体がもう一度動くと、「生きている感じ」が全身にみなぎるのだ。息をしていること、歩けること、食べられること。そうした当たり前のことを新鮮に感じられる。もしかしたら、私が自殺未遂を繰り返すのは生きている実感が欲しいからかもしれない。

退院後は実家に戻った。炊事も洗濯もすべてやってもらい、私は出された食事を食べて寝るだけだった。私はいつまで母に甘えなければならないのだろう。母が出してくれる甘辛い大根と鶏肉の煮物はとても美味しい。だが、その美味しさが私をダメにしたのかもしれないと思うと、居心地が悪かった。

退院した私の様子を見に父がやってきた。父は実家から車で30分くらいのところに暮らしている。

私は子供の頃から父のことを恐れていた。博打をして酒を飲んで暴れる大の男は、正体不明のモンスターのようだった。夜中に帰ってきた父が母と怒鳴りあっている声で目が覚めることもあった。時代はバブル景気に沸き、父は稼いだお金で放蕩の限りを尽くしていたが、私は洋服を3着しか買い与えてもらえなかった。そんな父の所業を母は長年堪えていたが、私が成人した頃に別居することを決めた。

そんな父がスーパーで買った酒を手に明るい顔で家にやってきて、それまで抑えていた気持ちが腹の底から逆流するのを止められなくなった。幼稚園に通っていた頃の何月何日、あそこであああだった——小学1年生の何月何日にはあんなことを言われた——幼い頃の記憶がまざまざと蘇ってきた。

そうだ、私は父が嫌いなんだ。父を死ぬほど憎んでいるのだ。私は父から愛情を注がれたことがないし、お金があることの安心感も与えてもらえなかった。

年老いた父は昔に比べ、だいぶ小さく見えた。皺が増え、くたびれたシャツをだらしなく着ていた。普通ならそんな親の姿に一抹の寂しさを覚えたりするのかもしれない。だが、こんな男のせいで人生を犠牲にしたという悲しさと悔しさで、私は頭に血がのぼっていた。喉の奥がひっかかり、うわずった声で父に向かって怒鳴った。

「お父さんは昔、ずっと競馬と競輪ばかりして家にお金をいれなかったよね。そのおかげで私は子供の頃、学校で必要な教材が買えなかったんだよ。それに、お酒が冷えてないと私に買いに行かせたよね。小学生のとき、自動販売機に缶ビールを買いに行っていた私の気持ちがわかる？」

泣き叫びながら父に不満をぶつけた。

「俺が短大まで出してやったのに、お前は30にもなって職に就けないじゃないか！自分の食い扶持すら稼げないくせに、いい歳して恥ずかしくないのか」

父の声は男のわりにキンキンと響く。

「誰のおかげで生活保護が受けられたと思ってるんだ。俺がサインしてやったからだぞ！」、
私はうまく答えようとしたが、気持ちが高ぶってばかりでまとまらず、

「お父さんとは絶縁する！」

と、叫んでいた。


このまま実家に住み続けたら、家を出る前の生活を繰り返すだけだろう。それに生活保護の申請をした際、いわゆる「扶養照会」を行った。申請者の周りに生活を援助できる人がいるかを調査し、確認するものだ。そして「親は面倒をみることができない」という理由で、生活保護を受けることが決まったのだ。自殺未遂をしたから「やっぱり面倒をみる」というのもおかしな話ではないか。私の中に「親元に戻る」という選択肢はなく、体力が回復した頃、一人暮らしをしていたアパートに戻った。

それからまもなく、クリニックのスタッフと面談した。

「小林さんはしばらくデイケアに来ないでください。私たちを裏切ったのだから」

医療従事者にとって患者が自殺未遂をするのはショックなことだ。デイケアの出入り

禁止はひどいことをした私へスタッフが下した罰だ。しかし、今回のことでいちばん辛いのは、自殺行為をしてしまった私である。弱った身体と心は猛烈に居場所を欲しているのに、居場所を失い、自業自得とはいえ、私は途方に暮れてしまった。

「デイケアにはいつから行ってもいいですか？」

「そうね、3か月後からね」

3か月間はひとりぼっちなのか。私はいっそう元気をなくし、クリニックからアパートまでトボトボと歩いて帰った。自宅はきれいに掃除されていて片付いていた。母が掃除してくれたのだろうか。布団に横になった。

起きて顔を洗って歯を磨く。重たい身体を引きずって買い物に出かける。スーパーで底値の野菜を買う。ナス、ピーマン、玉ねぎ。この店で安い野菜はだいたい覚えた。豆腐に納豆、鶏むね肉。帰宅して、冷蔵庫に買ってきたものをしまう。この冷蔵庫は電器屋さんでいちばん安かったものだ。小さいし、メーカーの名前も聞いたことがない。生活保護を受ける前にいい冷蔵庫を買っておくべきだった。「生活保護申請の前に電化製品を買っておきなさい」とクリニックのスタッフに言われたのはこのことだったのかと、今頃になって気づいた。もう一生、冷蔵庫なんて買い換えられないのではないだろうか。ブルーレイレコーダーなんかを買ってしまった自分の愚かさがイヤになる。たまに、TSUTAYAで映画を借りて見ようと思ったとき、ブルーレイ版がないことがあり、せっかく買ったのにあまり意味がなかったので、なおさら悔しかった。

アパートの畳の上で横になって本を読む。時間だけはたっぷりあるので、いくらでも本が読める。けれど、以前より集中力が落ちて、ほとんど読み進められない。疲れて目を閉じた。

目が覚めると、日が落ちて暗くなっていた。台所に行ってナスとピーマンを炒める。何の変化も希望もない毎日が始まるのだと思った。


出入り禁止を言い渡されてから10日ほど経った頃だろうか。クリニックから電話がかかってきた。

「あ、小林さん？　前に話していたテレビ番組の件だけど、出てくれるわよね」

私が通院しているクリニックは業界の中では有名らしく、以前からよくメディアの取材が来ていたのだ。私はデイケアの中では目立つ存在だった。他のメンバーよりデイケアの雑務を手伝っていたし、喋るのが得意なのでスタッフに気に入られていた。そのためスタッフからテレビ番組への出演を依頼されていたのだった。病気や障害を持っている人が回復していく過程を追うという趣旨のドキュメンタリー番組だった。

テレビに出たら市役所の職員の目にとまる可能性があるし、近所の人の目も気になるので、断りたかったけど、断ったらスタッフはもっと私のことを嫌いになるだろう。見捨てられたくない。私はテレビ番組出演の話を受けた。

携帯電話にテレビ局のスタッフから電話がかかってくる。

「いまから、家まで取材に行っていいですか」

「これから出かけるので、ちょっと無理です」

「じゃあ、同行させてください」

「それはちょっと困ります」

テレビ局の取材はとても強引だった。家の本棚から、トイレの中まであらゆるところを撮られて、自殺未遂のことをカメラの前で話した。私の考えや、人生が丸裸になって見世物にされていく気がした。まるで、レイプされているみたいだと思った。それでもクリニックに見放されるよりはマシだった。自分が貢献できる何かがあることが、そのときの私にとって、たったひとつの心の拠り所だった。人はどこにも所属していないと不安になる。仕事をせず、一人で暮らしている私にとってはクリニックが唯一の所属先だった。クリニックと縁が切れてしまうくらいなら、カメラで覗かれても構わない。クリニックは私の最後の生命線なのだ。

3か月が過ぎ、テレビ局の取材も済んだ頃、クリニックへの出入り禁止を解かれた私はデイケアにふたたび通うことを許された。

玄関のチャイムが鳴った。ドアの覗き窓を覗くと、生活保護のケースワーカーが立っていた。テレビ局の取材が終わってからほとんど誰とも会って話していないため、私は猛烈に人に飢えていた。

急いでドアを開けると、ドアの前に立っていたケースワーカーはひょろりとしていて、青白かった。なんだか水木しげるの漫画に出てくるサラリーマンを思い出す。なので、このワーカーのことは水木さんと呼ぶことにする。

「こんにちは。小林さんは毎日どうやって過ごしてますか」

毎日どうやって過ごしているかという質問に答えるのは難しい。模範的な生活保護受給者の暮らし方というものがあるのだろうか。オドオドしている私をよそに水木さんは続けた。

「病気などはしていませんか」

「はい、特に問題ありません」

水木さんは書類に何か書き込んでいた。私は話をしたくてたまらなかった。しかし、何をどう話せばいいのか自分でもわからない。それに、近所の人に生活保護を受けていることを知られたくない。玄関先では話し声が聞こえてしまうが、家の中に男性を上げるのも抵抗がある。悩んでいるうちに水木さんは「それでは」と言って背中を向けて去って行った。

私が生活保護受給者だということが近所に知られないようにとの気遣いなのか、次の訪問先があって忙しいからなのか、水木さんの滞在時間は5分もなかった。引き留めたかったが、無理だった。私は水木さんの背中を見て、これ以上何も尋ねてはいけないように思った。

水木さんは月に一度、訪問に来る。いつ何時に来るかはわからないけれど、毎月一度来るのは確かだ。不在時はポストに「訪問に来ました」という紙が入っている。

私は生活保護を受けているのに、生活保護についての知識がほとんどなかった。申請時に聞いた説明はお金の振込に関することばかりで、実際の生活に生活保護がどのように影響してくるのか、まったく教えてもらっていなかった。

身近で知識のある人は誰かと考えると、生活保護のケースワーカーしか思い当たらない。クリニックのスタッフも知識はあるのだろうが、実際に仕事として携わっているケースワーカーのほうが詳しいに決まっている。私以外の生活保護受給者とも付き合っているケースワーカーは、生活保護の人間がどのように生きのび、どのように社会に戻っていくかを知っているはずだ。私の将来はケースワーカーの手に委ねられているのだと思った。

ケースワーカーは、働ける生活保護受給者には就労支援を行い、働くことができない生活保護受給者にはその旨を伝え、病気の治療に専念させるために相談をしたりするのだろうと期待していた。私を含め、福祉サービスを受ける人は周囲に頼れる人がいない状態に陥っていることがほとんどだ。ケースワーカーは、生活保護受給者が等しく頼れる唯一の存在だろう。

早く就労して生活保護を脱したいと考えていたが、私の精神障害の程度では働くことができないというのであれば、そのように私を納得させてほしい。

生活保護を受け始めてしばらく経ったが、どうしたら就労できるのか、そもそも生活保護を受けている状態で働くことができるのか、いまだにわからなかった。どうにかしたいと思い、インターネットで「生活保護」というワードで調べると、罵詈雑言がたくさんヒットする。見れば傷つく嫌な言葉でも私は見てしまう。必要な情報にたどり着けないまま、生活保護がネットで叩かれているさまを目の当たりにし続ける。それは時間を持て余した私の自傷行為だった。

煮詰まってしまう前に水木さんに相談しよう。そう決意して、不在時に投函されていた紙を手に、市役所に電話をかけた。留守にしていたことを水木さんに伝えると、「わかりました。明後日の14時頃伺います」

再訪問の日取りをその場で決めてくれた。私は水木さんのためにお茶を用意して待っていた。スーパーでちょっとした茶菓子も買った。男性のケースワーカーを家に上げるのは怖いが、どうしても話がしたかった。

2日後、水木さんが来た。玄関先で「何か変わりはありませんか」と尋ねられる。私は質問に答えながら、内心焦っていた。「上がっていって話を聞いてください」って、どうやって伝えればいいいんだろう。私の相談を聞いていたら、次の仕事に支障が出てしまわないのだろうか。

あれこれ考えていたら「相談したいことがあるので上がっていってください」と伝えることができなかった。「お茶を用意しました」とも伝えられなかった。水木さんはいつもと同じ質問をして、いつもと同じように背中を向けた。水木さんがカンカンカンと鉄の階段を規則正しく下りていく音を寂しい気持ちで聞いていた。私はいつも考えすぎてしまい、自分が言いたいことをひとつも言えない。

私の背後の机の上には用意したお茶と茶菓子がポツンと残されていた。玄関のドアを閉めて、一人で茶菓子を食べた。寂しい甘い味がした。

季節は冬になり、風邪を引いてしまった。水木さんは毎月「病気などしていませんか」と確認してくれていたが、病気になったときにどうすればいいのかは教えてくれなかった。病院に行きたいが、保険証がない。親の扶養からは父が退職した際に外れているし、生活保護を受けることが決まると国民健康保険は脱退することになるため、市役所に返してしまったのだ。どうしたらいいのだろう。

とりあえず市役所に電話をしてみると、「医療券を出しますので、それを持って病院に行ってください」と言われる。「医療券」という言葉ははじめて聞いた。市役所までは自転車で20分ほどかかる。歩くと結構な距離だ。バスはほとんど出ていないし、重い身体を引きずって市役所まで行ける自信がない。私が電話口で少し戸惑っていたら、

「近くに市役所の出張所がありますよね。そちらでも医療券は出せますので」

と、教えてくれた。コートを着込み、マスクをして出張所まで歩いて行く。風がびゅうびゅう吹いて私は身を屈めた。街はすっかり冬の色に染まっていた。窓口にたどり着くと、私は声をひそめるようにして、

「生活保護なんですけど、病院にかかりたくて」

他の用事で来ている人たちに聞かれたらと思うと、自然と声が小さくなった。出張所の女性はわら半紙を出して記入するように言った。そこには受診する病院名、医者にかかりたい理由、名前、住所などを書く欄があった。ボールペンで記入して提出すると、女性はそれを見ながら電話をかけた。きっと市役所にかけているのだろう。私の名前を口にしているのが聞こえる。書類に判子を押してもらい、医療券を持って病院に行った。病院でも生活保護だと言わなければならず、私は何度も恥ずかしい思いをした。

生活保護を受けながら生きていると、否応なく自分がまともではないと思い知らされる。仕事をしていないのにお金をもらうのは、尋常ではないことだ。何かとんでもなく悪いことをしているように感じる。私と同い年でこんな暮らしをしている人が他にいるのだろうか。朝は好きな時間に起きて、好きな時間に食事をして、行くあてもないのでただブラブラしているだけ。

他人から見れば羨ましいと思われるかもしれない。私も子供の頃は学校に行くのが嫌で、家でずっと寝ていたかった。社会人になってからは、ゆっくり朝食をとる余裕すらなく、仕事をしていない人を羨ましく思った。しかし毎日、自由な時間に起きる生活をしていると、そのありがたみはなくなる。羨ましいと思っていた生活は実はまったく羨ましいものではなかった。平日の昼間にぶらぶらしていると、みんなは会社で仕事をしているのに、自分はどこにも行くあてがないことが寂しく思えてくるし、平日に遊んでくれる友人はいない。隣の芝生は青く見えるという諺があるが、まさにその通りなのかもしれない。

私はこの状況を「最低」だと感じる。どこにも所属せず、何の役割も持たず、果たすべき役目もない人生。空っぽで虚無だ。仕事というものは、どこかで誰かの役に立っている。その対価としてはじめてお金がもらえるはずなのに、私は何もしていないのにお金を得ている。一体何のために私は存在しているのか。

人は余裕がなければ他人に優しくできない。1日中歩き疲れてぐったりしているときに、電車で妊婦が自分の前に立っても目をつぶって狸寝入りしてしまうだろう。とても疲れていたら優先席に座ってしまうだろう。心に余裕のない私は自分にも優しくすることができない。ゆっくり眠ることも、味わって食事をとることも許しがたい。私は私に対して「早く働けよ」と蹴りを入れたいし、「甘ったれてんじゃねえ」と怒鳴りたい。何の役にも立っていない自分が嫌でしょうがなかった。

生活保護を申請したときは切迫していたのと知識がなかったので、生活保護のことを恥ずかしいと思う感情は湧かなかった。そしていざ保護下の生活が始まると、毎月振り込まれる生活保護費は私からお金を稼ぐという行為の意味を忘れさせた。だらりと伸びきったゴムのような生活をしていると、この生活に馴染んでしまいそうになる自分が怖くなる。生活保護を恥ずかしいと思わないと私はここから出ることができない。生活保護を恥ずかしいと思う気持ちがなくなったら社会復帰できないのではないか。この気持ちを失ったとき、私は未来の可能性すべてを失うことになる。

自分以外の人が生活保護で生活をすることに対して否定的な気持ちはないし、そういう人生があってもいいいと思う。生きづらさの先に行き着いた決断なのだから。だが、自分が生活保護を受けることに対しては、なぜだか納得できない。生活保護を受けることは憲法で定められた「生存権」という権利で保障されているけれど、私は基本的に自分には権利がないと思っている。幼い頃から家庭や学校での暴力に無抵抗にさらされていた結果、そういう考えになったのかもしれない。

私は小学生と中学生の頃、ひどいいじめにあっていた。机を蹴り倒され、笛を折られ、クラスメイトに蹴り倒され、水をかけられた。この世は地獄だし、私は生きている意味も、存在する価値もない。私はありとあらゆる権利を子供の頃に諦めた。私は自分が生活保護を受ける権利もないのではないかと考えてしまう。子供の頃、私のことを何度も蹴ってきたいじめっ子に対して、

「ごめんなさい、許して」

と、懇願したように、生活保護を受けさせてくれる世間に対して、謝っているのだ。私はいつでも、姿かたちの見えない強者に怯えている。お金を持っている人たち、健康な人たちが怖い。

家とスーパーとデイケアの往復だけの生活が続くなか、北海道に出かける機会があった。クリニックから話が舞い込み、北海道で行われる製薬会社主催の講演会に参加することになったのだ。往復の交通費はクリニックと製薬会社が出してくれたので、滞在費だけなら生活保護費でやりくりできる。

講演会のついでに「べてるの家」という、精神疾患の当事者と家族・支援者が集まる場所に寄ることにした。べてるの家では、支援者や仲間と一緒に自分の病気を見つめる「当事者研究」という取り組みが行われていて、私は病気を拗らせ始めた短大時代に、べてるの家にまつわる本を貪るように読んでいた。

クリニックにべてるの家の人たちが訪ねて来ることがあったり、東京で行われる講演会に話を聞きに行ったりするうちに、べてるの家と私の間の距離は一気に縮まり、北海道に行けるのであればぜひ立ち寄りたいと思ったのだ。

その滞在中、またしても風邪を引いてしまい、病院に行くことがあった。すると、千葉の市役所からすぐに電話がかかってきた。

「北海道にいるんですか!?　どうして?」

矢継ぎ早に質問を受けた。帰宅日を伝えると、自宅訪問の日取りを設定された。

北海道から帰ってきて2日後、アパートを訪ねてきた水木さんは、べてるの家のホームページをプリントアウトした紙を持ってきた。べてるの家についての説明を求められたので、当事者研究のこと、自分の病気のためになると思って行ったことを話した。

べてるの家には私と同じ病気の人がたくさんいて、病気を否定することなく生きている。むしろ、病気のおかげで助けられたという考えを当事者は持っているのだ。べてるの家を訪れ、当事者研究を行ったことでわかったことは、私が自殺未遂を繰り返すのは人とのつながりを猛烈に欲しているからだということだ。薬をたくさん飲んで病院に運ばれると医者や看護師が優しく接してくれる。いつも一人で過ごしているけれど、病院に運ばれるときは人とつながっている。大量服薬という手段を通して私は人とつながっているのだ。このことに自分自身が気付き、納得できるようになったのは、べてるの家があってこそだ。

生活保護受給者は贅沢をしてはいけない。北海道への旅行は贅沢になると考えていた私は、旅行に行ったらまずいかもしれないと思ったけれど、飛行機代はかかっていないので、金銭的な問題はないはずだから、バレなければ大丈夫だと思っていた。それでもバレてしまったからには、生活保護が切られる可能性もあるのではないかと覚悟した。しかし、水木さんはいい顔をしなかったが、これといって責め立ててもこない。「今後は旅行に行かないように」とも言われなかった。水木さんはただ不服そうにして、ぶつぶつ何かを言っていた。

今回の旅行は私にとって実りのあるものだったが、水木さんには理解しがたいことのようだ。この人は私と真剣に関わってくれていないのだ。私がどうやって社会と関わっていくかを一緒に考えてはくれない。生活保護受給者は目立った行動をせず、生活保護費の範囲内で生きていればいいと考えているのだと思ったら、悲しくなった。

それからしばらく経った頃、市役所から電話で「ケースワーカーが代わるので、新しいケースワーカーと面会するように」と言われた。理由は説明されなかったのでわからないが、3月だったので人事異動か何かだろう。このことを母に電話で報告すると、

「役所では生活保護のことをよく知らない人がワーカーになることがある」

と、言っていた。福祉を専門的に学んで、生活保護課で働きたいという人が採用され

ても、希望通りに配属されるとも限らないらしい。障害のことも、福祉のことも知らない人が私と真剣に関わってくれるのだろうかと不安になった。

生活保護課の小さな面会室に現れた新しいケースワーカーは、酒焼けしたみたいに赤ら顔をしていた。その赤さは酒乱の私の父に負けておらず、その上ガタイがよく、背が高かった。髪型はもじゃもじゃとパーマがかかっていたので、この人のことはパーマさんと呼ぶことにした。

担当の変更が知らされる前、男性だと怖いので、私は担当のケースワーカーを女性に代えて欲しいという要望を市役所に伝えていた。水木さんには面と向かっては言えない。電話で生活保護課のいちばん偉い人を呼んでもらって直接伝えていたのだが、ずっと水木さんのままだった。今回の交代で担当が女性になることを期待していたのだが、水木さんよりも強面な人になってしまった。

「初めまして。これから担当になります」

市役所内の小さな部屋で自己紹介をしてもらう。ファイルをパラパラめくるパーマさんの手元を覗くと、そこには私のことが詳細に記載されていた。生い立ち、家族構成、病歴。いつの間にこんなに調べたのだろう。主治医が情報を提供したのだと思うが、医者以外に自分の過去を知られるのはどこか落ち着かない。私の過去を知ることで、私の社会復帰が良いほうへと促されるのだろうか。

「父親も生活保護?」

貧困は連鎖するといわれるが、私は違う。少しムキになり、

「父は定年まで会社に勤めました」

と答えた。卒業した学校名が目に入った。生活保護を受けるにはこんなことまで知られなきゃいけないのか。

「一応、短大は出てるんだ」

「はい、出てます」

そう答えたものの、自分がいまここで何をしているのかを考えると、学歴があることは誇りに思えず、むしろ情けなくも感じられた。外界から隔離された部屋は蒸し暑く、蚊が飛んでいた。肌はじっとりと濡れ、汗が垂れて、不快感がまとわりつき、私は舌を噛み切って死んでしまいたかった。「引き継ぎをするから」と呼び出されたにもかかわらず、水木さんはその場に現れなかった。

パーマさんと面会して、私は怯えてしまっていた。酒焼けしたような顔の大人の男性を見ると、恐ろしい父親を思い出してしまう。人を見た目で判断してはいけないが、怖いものは怖い。帰宅してから改めてパーマさんと電話で話す。

「担当を女性に代えてほしいのですけど」

「なぜ？」

「家に上がってもらったときに二人きりになったら怖いからです」

「大丈夫だよ。俺には妻も子もいるから」

何が大丈夫なのかわからない。結局取り合ってもらうことはできなかった。

困り果てた私は学生時代の友人のことを思い出していた。短大生のとき、一緒にインドにまで旅行に行った友人だ。彼女は学校を卒業してから司法試験に挑戦して弁護士になり、いまでは独立して事務所を構えている。彼女が試験勉強に取り組んでいた頃、私はメンタルヘルスをこじらせていた。寂しさのあまり彼女にしつこく連絡をしてしまい、勉強を邪魔して彼女を怒らせてしまったことがある。それ以来、疎遠になってしまっていたが、ある日、司法試験に合格したという手紙をくれて、私は嬉しくて泣いた。彼女なら何か専門的なアドバイスをくれるかもしれない。「合格しました」と几帳面な字で書かれた彼女の手紙を握りしめながら電話をかけた。手紙の隅には、北野武監督の『キッズ・リターン』という映画の「俺たち、もう終わっちゃったのかな?」「バカヤロー、まだ始まっちゃいねぇよ」というセリフが書かれていた。私たちが大好きな映画だった。

電話越しの彼女は、10年以上話していないにもかかわらず、学生の頃と変わっていなかった。大粒の涙が目からこぼれ落ちた。

「あのね、相談したいことがあって電話をかけたんだ。ちょっと困っていて。相談にのってくれるかな」

「いいよー、私ができることであれば相談にのるよ」

「いま、生活保護を受けているんだけど、担当のワーカーが男性で怖いんだ。どうしたら女性に代えてもらえるのかな」

「うんうん、そういうことか。いま、パソコンある？　ネットはつながる？」

「うん、パソコンもネットもある」

パソコンの電源を入れながら、旧友とお互いの近況を確かめ合った。泣きながらいまの状況を冗談を交えて説明し、笑い飛ばした。彼女も笑っていた。

「住んでいる市のホームページに行って」

「うん、行ったよ」

「問い合わせページわかる？　生活保護課のところ」

「問い合わせページ……あ、あった！　質問とか要望を書き込めるようになってる」

「そこに、そのまま書き込めばいいよ。生活保護を受けているのですが、担当のワーカーを女性に代えてほしいって」

「生活保護を受けているって書いても大丈夫なの？」

「大丈夫だよー」

友人はケラケラと笑った。私もつられて笑った。

「どういう文章にすればいいんだろう」

「じゃあ、私が代わりに文章考えてあげるよ」

「えー！　私、お金払えないよ」

「出世払いでいいよ」

二人して笑いながら問い合わせの文面を考えた。書き終わり、友人にお礼を言って電話を切った。数日経っても私のメールアドレスに市役所から返信は届かなかった。結局、ケースワーカーが女性に代わることはなかった。


強面だが、仕事熱心な人かもしれない。パーマさんが就労に向けて動いてくれることを期待した。

「生活保護」という単語でインターネットの検索は何度か試みているが、一向に自分が欲しい情報にはたどり着けなかった。知りたい情報は、生活保護の受け方でもないし、生活保護にまつわるニュースでもない。「生活保護を受けるのをやめるにはどうしたらいいのか」ということである。「受けたくない」と申し出ればやめられるのだろうが、仕事がないのだからあっという間に生活ができなくなるのは目に見えている。生活保護をやめるまでのステップが知りたいのだ。つまり、自立するための具体的な方法ということだ。

保護開始時にもらった書類を引っ張り出し、内容を確認する。生活保護費が振り込まれる日付は書かれているが、生活保護を切る方法は書かれていない。図書館に行って生活保護について詳しく書かれた本を借りようと思ったが、生活保護を受けながら生活保護に関する本を借りるのはなんだかとても恥ずかしくてできなかった。バカだと思われるかもしれないが、私は図書館で本を借りるときも、司書の人に自分が生活保護の受給者だとバレるのではないのかと思っていた。市役所にあれだけ個人情報が渡っているのだから、市が運営する図書館にも自分の情報が漏れているのではないかと考えていたのだ。図書館のカードのバーコードをかざすときにすべてわかってしまうのではないかと思い込んでいた。

図書館から帰宅して、家に置きっぱなしにしていた携帯を見るとパーマさんから留守電が入っていたので、折り返しの電話をかけた。

生活保護課の職員が電話に出たので、私はパーマさんにつないでくれるのを待った。パーマさんが電話に出て、開口一番、

「いやー、ちょっと、うんこしてた」

と、言った。パーマさんの排便状態などどうでもいい。

うんこしているくらいなので、パーマさんはあまり仕事熱心ではなかった。いや、うんこと仕事は関係ないか。水木さんは訪問に来て、私がいなかったときはメモを残してくれる。パーマさんはメモすら残さないので、本当に玄関まで来たかどうか怪しい。電話だけはかかってくるが、いつも言うことは「訪問に行ったときにいつもいないのでどうにかしてくれ」だけだった。

「日時を指定してくれれば家にいます」

そう伝えると、なぜか口ごもる。本当は訪問には来ていないのかもしれない。生活保護受給者の数は多いが、ケースワーカーの数は少ない。パーマさんは仕事をめんどくさいと感じているのかもしれない。

第3章

「お菓子屋さん」とクリニックのビジネス

デイケアである日、副院長から突然声をかけられた。

「エリコさん、お菓子屋さんで働くつもりはない？」

私は驚いて、言葉が出てこないまま副院長の顔を見つめてしまった。

「今度詳しくお話しするから」

お菓子屋さんからクリニックに求人が出ているのだろうか。障害者の求人を行っている企業がたまにあるので、クリニックの紹介で就職していったメンバーもいるのだ。どこのお菓子屋さんなのだろう。仕事内容やお給料についてはまだ聞かされていないが、遅まきながらクリニックは約束を果たしてくれたのだ。

その日のデイケアのプログラムを終えたあと、院長室に呼び出された。副院長とスタッフのほか、デイケアのメンバーも3人いた。

「あなたたちにはお菓子屋さんで働いてもらおうと思うの」

みんな、事前にある程度聞かされていたらしく、特に動揺するでもない。嬉しそうな顔で副院長は構想を語り始めた。

「少し離れたところに公民館があるでしょ。そこのスペースを借りてお菓子屋さんを開こうと思うの。お菓子を作る技術はないから、民間のお菓子メーカーからお菓子を仕入れてきて売るのよ。普通の福祉団体だと、自分たちでお菓子を手作りしてるじゃない？　そういうのは古いと思うのよね。福祉っぽくないオシャレなお菓子屋さんにしたいの。お店の名前は英語とか外国語がいいわね」

私はちょっと戸惑った。どこかのお菓子屋さんの職を紹介してもらえると期待していたが、この場合はクリニックの新しい事業ということだ。採算は取れるのだろうか。お給料や勤務時間はどういった形になるのだろうか。疑問が次々と湧いてきたが、副院長は夢語りが止まらない。

「制服はパティシエが着ているみたいなものにしましょ。みんなで色を統一して、羨ましいなあと思われるようなのがいいわね。でも、店名が悩みどころね。ねえ、何かいい名前はないかしら？」

副院長の問いかけに答えようと、私は頑張って考えた。

「パティスリーとか入れたほうがいいですかね。でも、メーカーのお菓子なんですよね。ケーキ屋さんじゃないし」

「あんまり気にしないでいいんじゃないの」

ツンとした感じのリョウコちゃんはぽつりと言った。

「お菓子は英語だとキャンディだから、キャンディポップとかどうかな」

私はおずおずと更なる提案を続けた。携帯で良さそうな言葉を調べて、あれこれと意見を出し合う。唯一の男子であるタクミくんだけは一言も喋らず、ぼんやりと宙を眺めている。

「オシャレな名前か。英語以外はどうだろう」

リョウコちゃんのアイデアに副院長は目を輝かせた。

「そうね、フランス語とかでもいいわね！」

「フルールはどうかなあ？　花をフランス語でフルールと言うんだってぇ。サラ的にはこれがいいな〜」

化粧の濃さが特徴のサラちゃんが間延びした口調でそう言うと、

「あら、素敵じゃない！　フルールにしましょう！」

副院長の鶴の一声でお店の名前は決まった。

結局、その日は店名を話し合っただけで、どのようにお店を運営していくのかについては、はっきりとはわからなかった。

これはつまるところ、「作業所」なのだろうか。社会福祉法人が運営する、障害者の就労を支援するための施設を総じて作業所と呼んでいるのだ。そこでは「社会参加」を実践するべく、ダイレクトメールの封入や化粧箱の組み立てのような単純作業から、日用雑貨や手芸品を手作りしたり、工房でパンを焼いたりするなど、さまざまな仕事が用意されている。市民センターなど、地域の施設のロビーに喫茶店が入っていることがときどきあるが、ああいったお店も福祉団体の運営だったりすることは少なくない。

以前、作業所で働いてみようと思ったこともあったが、お給料が時給80円とかその程度で、場所によって差はあるようだが、あまりに安すぎると感じてしまい、そのときは行くのをやめたのだ。

改めて、副院長に尋ねてみると、

「何を言っているの？　あなたは社員なのよ」

このクリニックで雇うという意味なのだろうか。それなら安心なのだが、お菓子屋さんだけの利益で4人を雇うとしたら経営的には難しいだろう。そもそも、お菓子屋さんの経営をしたことがある人などどこにもいない。スタッフは病院勤務で商売のことなどわからないのだ。しかも、私以外のメンバーは一度も働いたことがない。履歴書を書いたことすらない人も普通にいた。私しか働いた経験がないということは、私に重荷がかかるということではないのだろうか。不安を感じる。

案の定、その予感は的中した。クリニックのスタッフがレジを購入したものの、使い方がわからないから私に教えてほしいと言ってきたのだ。コンビニやスーパーでレジ打ちをしたことはあるが、設定方法などはわからない。バーコードで読み取るレジは高くて買えなかったのか、手打ちのものだった。私は使ったことのないレジの使い方をなんとか理解し、クリニックのスタッフと他のメンバーに教えた。

私以外のメンバーは生活保護ではなく、親の仕送りで暮らしていた。リョウコちゃんはプラダのバッグを持っていた。この間、お母さんと一緒に買い物してきたと言って、ブランドの服を自慢し始めた。タクミくんはスピリチュアルにはまっていて、江原啓之のコンサートに行ってきた話をしていた。ブランドの洋服も持っていないしコンサートにも行っていない私は自分が劣っているような気がした。ただ一言付け加えさせてもらうが、私は江原さんのコンサートに興味はない。

お菓子屋さんの名付け親となったサラちゃんは化粧が好きで、朝から1時間かけて化粧をしてデイケアに来ている。でっぷりとした体型をしているが、オシャレには気を使っていて、「サラ的には〜」が口癖だった。サラちゃんはいつも明るく、中卒だが、そんなことは気にかけていないようだった。デイケアでサラちゃんがスライドの文章を読むときに「働く」という漢字が読めなくて、タクミくんは「調子が悪いんですよ」と彼女をかばっていた。タクミくんも学校は中学校から行っていない。クリニックのスタッフはお菓子屋さんの現場では働かないと言っていたし、他のメンバーも私のようにどうしても働きたいというわけではなかった。ただ声をかけられたからやることにしただけだった。

これは私の勝手な想いだが、働くよりも先に、読み書きや算数などの最低限のことを学んでおいたほうがいい。学歴はよっぽどのものでなければ効果を発揮しないけれど、勉強自体はとても大事だ。漢字が読めないと、変な契約を結ばされたり、人に騙されたりするかもしれない。計算力も生活するうえで欠けてはならないものだ。私は彼女たちと一緒に働いていけるのだろうか。

クリニックのスタッフが制服を購入してくれた。胸元に「フルール」と書かれたパティシエ風の制服を、私たちはデイケアでお披露目をした。私は少し舞い上がった。デイケアに来ている人たちは全員無職であり、働きたいと言っている人もそれなりにいる。その中で、このお菓子屋さんフルールのメンバーに選ばれたことは誇らしかった。

オープンが間近に迫ってからは忙しかった。自分たちでお菓子を発注するのだが、メーカーの商品の中から自分たちで売りたいものを選ばなければならない。どのお菓子をいくつ発注するかも自分たちで決めなければならないが、人気商品がわからず、適当に決めるしかない。サラちゃんは「これ、クッキーなのにしょうゆ味だってー。面白そう」とノリで発注する商品を決める。こんな、ごっこ遊びみたいな仕事ぶりで大丈夫なのだろうか。

お菓子屋さんフルール開店初日、お菓子の入ったケースを車に積んでいく。タクミくんは調子が悪いらしく、美輪明宏の般若心経を携帯から流したまま動かない。美輪さんの唱える般若心経をバックに、サラちゃんとリョウコちゃんと私の3人でケースを詰めていった。軽いのでそんなに大変ではない。お菓子を積み終わると車の後部座席に乗り込んだ。タクミくんも無言で嫌そうな顔をしながらもクリニックのスタッフに促されて車に乗る。スタッフが運転する車は公民館へと向かった。

目的地に着くと、みんなでケースをおろして、指定されたスペースに机を配置する。その上に布を敷いて、かごの中にお菓子を並べる。レジも机に置いた。4人で「いらっしゃいませ〜」と声を出す。クリニックのスタッフは近くの椅子に座ってお茶を飲んで休憩していた。物珍しそうに寄ってきた人を皮切りに、次々とお客さんがやってきた。開店初日とあって、商品はどんどん売れた。

私はレジに立ち、ミスしないよう注意しながらお金を数える。コンビニで働いていた頃を思い出し、ふたたび社会に組み込まれることができたようで嬉しくなった。あっという間に時間が過ぎ、無事に初日を終えることができた。

売れたといっても、仕入れた商品が多すぎたせいでお菓子は大量に余った。売れ残りのお菓子をもう一度ケースに詰め直して車に載せなければならない。それでも、久々の仕事は嬉しく、心は軽くなり、ウキウキとした気持ちになった。

しかし、余ったお菓子はどうするか。半生菓子など、消費期限が近いものもある。結局、クリニックのスタッフが購入して、それでも余ったものは、デイケアに来ているメンバーが購入した。といっても、自分のお金を払っているのではない。ここで少し、「自立支援医療制度」という制度について説明をしなければならない。

デイケアにも当然、利用料が発生する。だが、長期通院が必要となる精神疾患患者の経済的負担を軽くする「自立支援医療制度」を利用すると、医療費が1割負担になり、さらに収入の多寡によって1か月あたりの医療費の自己負担上限額が設定される。その月の医療費が自己負担上限額に達すると、それ以上は払わずに済むのだ。

デイケアの利用料を1日1万円とすると、1割負担で利用料は1000円になる。自己負担上限額が月3000円の場合、3回利用したら自己負担上限額に達するので、それ以上は無料になるのだ。4回来ても、5回来ても患者がお金を払う必要はないが、医療費自体は毎回1万円かかっている。

デイケアでは昼食や夕食を取ること自体がプログラムに含まれていて、仕出しのお弁当を貰ったり、近所のファミレスに行ってご飯を食べてきてもよいことになっていた。自己負担上限額に達している人がデイケアで食事をすれば、本人はタダで食事をしていることになる。しかし、実際にはデイケア費としてお金はかかっており、それは自立支援医療制度という名の税金から支払われている。

もちろん、自立支援医療制度は必要な制度だが、このクリニックでは制度を利用すればタダで食事ができるという認識の人が増えていた。食事はいらないという人もいるのだが、その人たちに食事の代わりにお菓子を購入してもらい、売れ残ったお菓子を捌くことになった。要するに、フルールのお菓子は税金で購入されているのだ。

私たちお菓子屋さんフルールのメンバーは交代で残り、売れ残ったお菓子をテーブルに並べて、

「ご飯を食べていかないなら、お菓子はどうですかー」

と、デイケアのメンバーに声をかけた。お菓子を持っていった人の名前を紙に記入してクリニックのスタッフに渡す。私はこの売れ残りのお菓子をめぐるお金がどのような流れになっているのか、詳しくはわからないままだった。

デイケアの事業として立ち上がったお菓子屋さんフルールは、それから定期的に公民館へお菓子を売りに行った。最初は物珍しくて買ってくれたお客さんもいなくなり、次第に売上は落ちていった。レジのお金が合わなくて、みんなで21時近くまで居残って計算しなおすこともあった。一応、クリニックのスタッフがタイムカードを用意して、きちんと労働時間を記録していた。リョウコちゃんのブランド品の自慢話と、サラちゃんの芸能人のゴシップと、タクミくんのスピ話にも慣れてきた。

1か月後、お給料日がやってきた。週3回、朝8時半から出勤し、19時か20時くらいまでレジ閉めをしている。それ以外の日にも、発注の仕事をした。私は10万円くらいは貰えるだろうと考えていた。少なくとも7、8万円くらいは貰えることを期待していた。

しかし、お給料袋を開けてみると入っていたのは1万円とちょっとだった。私はびっくりして、何かの間違いではないかと目を疑った。副院長はこう言った。

「お菓子屋さんで得た利益を4人で割って計算した結果が今回のお給料です」

私たちはクリニックに雇われていたのではなく、お菓子屋さんを自分たちで経営していることになっていた。ズブの素人4人が純利益をたくさん上げることなど不可能である。しかし、それではなぜ、クリニックが給与計算をするのか。それに、私はお菓子屋さんで働かないかと誘われたが、経営しないかとは言われていない。
アパートへの帰り道、とぼとぼ歩きながら、「生活保護を受けているのだから、このお給料のことは市役所に言わなきゃいけないいんだろうな」と考えていた。

クリニックにはMRと呼ばれる人たちが頻繁に訪れる。MRとは製薬会社の営業担当者のことである。「うちの薬を使いませんか」とセールスをしにやってきているのだ。その中で、クリニックといやに仲のいい会社があり、その会社が新薬として売り出していたのが、統合失調症の薬だった。

私はこれまでずっとうつ病だと診断されていたが、その会社のMRが病院に出入りするようになってからは統合失調症と診断された。私には幻聴や妄想などの類はない。納得できない気持ちもありつつ、医者が言うのならそうなのだろうと無理やり自分の病名を信じ込んだ。

そして、私は統合失調症の薬を処方されるようになる。クリニックと仲のいい会社が開発した新薬だった。デポ剤と呼ばれるそれは、お尻に筋肉注射をするため、かなり痛い。デポ剤はもともと薬を飲むことを忘れがちだったり、拒薬傾向があるなど、服薬がきちんとできない患者向けの薬だ。私は特に問題なく服薬はできているのだが、そのデポ剤を勧められるまま打った。

統合失調症の薬といっても各製薬会社から出ているので、いくつも種類があるのだが、デイケアで何の薬を飲んでいるか聞くと、口をそろえて同じ薬の名前を言う。クリニックの統合失調症の患者はみんな同じ製薬会社の薬を使っていた。人によっては、主治医が勧めるデポ剤にしないと主治医を降りるとまで言われたそうだ。

クリニック側はそうした事実を隠したりはせず、その製薬会社の薬の勉強会を企画し、月に2回開いた。その会では焼肉弁当がふるまわれるため、それにつられて参加するメンバーも多かった。焼肉弁当を食べながら、いかにその薬がすばらしいか、効果的か、生活が向上するかといった説明を聞いた。

その勉強会で私はデポ剤の使用者として体験談を請われて話す。

「薬を飲む必要がなくなったのは良かったです。3食後の服薬は本当に大変なので。デポ剤にしてから健康な人と変わらない生活が送れるようになりました」

デポ剤に変えたことで服薬の煩わしさはなくなったが、2週間に一度打つデポ剤は臀部に鈍い痛みがしばらく残り、毎回憂鬱だった。死にたい気持ちが消えることもなく、もともと幻聴もないので、自分にこの薬が必要なのかは疑問だった。

勉強会に参加するうちに、私は薬の説明がいちばんうまいと評価され、製薬会社が主催する講演会にも呼ばれるようになった。生活保護なのに新幹線で京都に向かい、いいホテルに泊まって、夜は料亭で食事をした。ものすごく美味しい焼酎を飲みながらも、自分が生活保護受給者であるという事実に心がヒリヒリとしていた。

「このデポ剤はとても高くて、1本3万円もするのよ」

それでも副院長が患者にデポ剤を勧めまくっていることを考えると、製薬会社から何らかの見返りをもらっているのではないかと考えてしまう。自立支援医療制度で負担する医療費に上限額があるため実感しづらいが、飲み薬よりもはるかに高価だ。

副院長のデポ剤信仰はものすごく、

「あなた、調子が悪いのなら、このデポ剤にしなさいよ」

とか、

「最近すごく調子がいいのは、このデポ剤にしたからね」

というように、すべてをデポ剤へと結び付けてしまうのだ。そのうちに、デイケアでこんな噂話を聞くようになった。

「このクリニックのスタッフに気に入られるには、例のデポ剤を打てばいい」

クリニックのことを「デポ剤教」と揶揄する人も現れた。お菓子屋さんのメンバー全員が例のデポ剤を使うようになったときには、

「これでようやく、みんながこのデポ剤（を打った人）になったわね！」

と、副院長は嬉しそうに笑った。いつしかデイケア内には統合失調症と診断された人が増えていた。以前から仲の良かった人も、彼は摂食障害だったが、統合失調症になって例のデポ剤に切り替わった。事情を聞いてみると、

「副院長に統合失調症だって言われたよ。俺には統合失調症の素があって、それが身体の中で化石になっているんだって」

という、わかるようなわからないようなことを話してくれた。

製薬会社が主催する講演を聞いた病気持ちの人たちや、その家族がクリニックの見学に訪れるようになり、勉強会に参加するようになった。人が集まり、クリニックに学びに来る人が増えるにつれ、クリニックのデポ剤信仰はよりいっそう正しいものとされていった。

デイケアを利用して食事をしに来る生活保護受給者はスタッフに対して不満を述べながら、自分の貯金額を自慢していた。このクリニックを利用することで食費がほぼかからなくなったのだという。たしかに、私も食費で苦労することはなかった。生活保護を受けながら、ひもじい思いをせずに済んだのはクリニックにいるからだった。

クリニックは月に一度、その月に誕生日を迎えた人たち全員にフランス料理の店を予約してご馳走し、講演会の旅先で美味しいお土産を買ってきてメンバーにふるまった。デポ剤の勉強会の焼肉弁当は高級な和牛だった。もしかすると、私たちは食べ物によって飼い慣らされているのかもしれない。

デイケアにまだ10代の子が通っていた。彼女は中学の頃から引きこもり、精神科に通院し始め、このクリニックにやってきた。見たところ、あまり病気持ちの感じはしない。何の病気なのかもわからない。若くて美人な女の子なのでみんなから可愛がられていた。ちょっと無愛想だが、話す言葉はきちんとしている。単に学校からドロップアウトしてしまっただけなのかもしれない。

彼女はクリニックの精神科に長いあいだ通院しており、私も通院し始めた頃から彼女を知っていた。毎日ほとんど家の中にいて、デイケアにはたまにちょっとだけ顔を出す程度だった。定時制の高校に通えばいいのにと、私は内心思っていた。クリニックのスタッフはそういった助言をしないのだろうか。

デイケアの利用者は30代以上の人が多いが、その人たちと彼女は違う。まだいくらでもやり直しがきく年齢だし、やり直すなら早い時期がいい。しかし、彼女の19歳の誕生

日にスタッフが彼女に贈った言葉は、
「20歳になったら生活保護が受けられるから頑張るのよ」
というものだった。彼女がどのような事情を背負ってここにやってきているかはわからない。しかし、私はこんな考えを持った医療従事者に自分の運命を託していることを恐ろしいと感じた。

クリニックには「自立するには生活保護」という方針があった。たしかに、長く実家にいる人で、就労が困難な人が一人暮らしをするには生活保護か親からの仕送りしかない。しかし、簡単に受けさせすぎている気もする。すぐに抜け出せるものなら一時的に頼るのはいいが、そんな単純なものではない。受けるのはあくまで患者たちだ。生活保護に対して抵抗のある人もいるだろう。

一人暮らしをしながら生活保護を受けている女性がいた。30代後半の彼女は常に「お金がない」と言っていた。クリニックのプログラムに、みんなの前で自分の抱えている問題を提示して、その解決策を考えるというものがあるのだが、そこで彼女は自分の苦労を話した。「お金がない」というのはこの病気ではよくある話だ。しかし話を聞くと、どうやら彼女の母親が彼女から生活保護費を取り上げているということがわかった。それで彼女は「お金がない」と言っていたのだ。これはさすがにクリニックが介入

しなければならない問題なのではないかと思ったが、
「お母さんにあげないで、生活保護費は自分で使おうね」
と、スタッフは言った。そんな簡単にはいかないから、ここで話しているのではないか。言葉が口をつきかけたけれど、スタッフに対して反発することは自分の立場を危うくするような気がして黙ってしまった。考え方が合わず、クリニックに対する不信感が募っていた。

デイケアでは泊まりがけの旅行が毎年催され、今年はディズニーランドに行くことになった。泊まるホテルはミラコスタである。私はこのデイケアに通う前も他の病院のデイケアに通っていたことがある。そこでも1泊旅行はあったが、田舎の自然の家でキャンプするとかそんなものだったし、みんなで出かけるときは近所の公園や、せいぜい動物園だとかその程度で、こんな豪華なものではなかった。だからいまのクリニックはなぜこんなに贅沢ができるのかが不思議だった。

しかし、長く通うあいだに、高価なデポ剤をたくさん使うように勧めたり、デイケアをたくさん利用したくなるように食事を豪華にしたりしているのを見て、このクリニックの金回りの良さの謎がわかった気がした。このクリニックは経営がうまいのだろうが、経営のうまさがすなわち患者の満足度の高さにつながるというわけでもない。生活保護の受給者は原則として、福祉事務所の管轄下にある、生活保護法で指定された病院に通院することになっている。そして、この市内に精神科はこのクリニックにしかない。この市で生活保護を受けながら精神を病んだら、このクリニック以外には通院できないのだ。

ディズニーランド旅行には私も参加した。デイケアのメンバーとカリブの海賊やホーンテッドマンションなどのアトラクションに乗り、1日中遊んだ。ディナーはミラコスタで美味しいコースを食べた。ホテルは私と同じく生活保護を受けている女の子と同じ部屋になった。

アオイちゃんは一人暮らしをしながら、ここのデイケアに通っている。ふくよかな身体をして、いつも笑顔を絶やさない子だが、ときどき、デイケアのスタッフに向かって泣き叫びながら何かを訴えていることがあった。

アオイちゃんもテレビ局の取材を受けて、このクリニックの患者として出演したことがあった。アオイちゃんが夜中、一人で家の中で泣き叫んでいる様子を部屋に備え付けられたテレビカメラはしっかりと映し、全国に放送した。「こんなに苦しんでいる彼女でも、クリニックの支えがあって一人暮らしをしている」というナレーションとともに番組は締めくくられていた。

ホテルでアオイちゃんとおしゃべりしたが、生活保護の話はしなかった。きっと、現実を見たら、耐えられないから。ここ以外に行くところがないという現実を見たくなかったから。このクリニックにいれば、寂しくはないし、それなりの娯楽は与えられる。だが、与えられるだけなのだ。自分で行きたいところを選択する自由はない。


旅行のあと、アオイちゃんが死んだという噂が広まった。それから数週間経って、彼女が自ら命を絶ったことをミーティングの時間にクリニックのスタッフがみんなに伝えた。こうした場所ではメンバーの死についてスタッフは知らせないことが普通なのだが、なぜか知らせてくれたので、それはありがたかった。

デイケアでお別れ会を開くことになった。生前の写真をスライドに映し、彼女の得意料理だったコーンポタージュスープをデイケアのスタッフがふるまった。テイクアウトのピザを食べながら、みんなでアオイちゃんの思い出話をした。

どうして死んでしまったのだろうと考えても答えが出るものではない。誰かが死んでしまったあとも、世界は回り続ける。若すぎるアオイちゃんは生活保護を受けながら死んだ。ちっとも、幸せじゃない。ここはちっとも幸せな場所じゃない。ピザを口に運びながら私はポロポロと泣いた。

次の日、アオイちゃんと親しかった人に彼女が住んでいたアパートを教えてもらい、一人で見に行った。アオイちゃんが住んでいたアパートは、私が住んでいるアパートよりも古くてボロボロで、青いペンキが剥がれた壁は真っ黒な色をしていた。まるで、アオイちゃんの心みたいだった。


フルールで真面目に働いたが、給料が上がる気配は一向にない。自分はここで一生お菓子屋さんとして働き、一生生活保護を受給しながら、一生あのアパートに住み続けなければならないのではないかと思うと怖くなった。フルールが10万円を超える給料を生み出すとは考えられない。それにもう、フルールのメンバーはやる気を失っていた。スタッフに言われたから始めただけなのだ。誰も「やりたい」だなんて言っていない。

タクミくんがクリニックのスタッフに「フルールをやめたい」と相談しているという噂を聞いた。私たちには言わないあたりがタクミくんらしい。タクミくんは仕事には来るが、「働きたくないんです」と口にしたりしていた。そんな雰囲気はフルールのメンバーの間にも広がり、嫌な空気が充満していた。フルールのオフィスとして使わせてもらっているクリニックの一室は、メンバーの「もうやめたい」という無言の感情でいっぱいになっていた。

それでも「やめたい」と思い切ってスタッフに言うことができないのは、結局のところ自分は「患者」という、刃向かうことのできない立場だからだった。

お金がないのに忙しかった。フルールの仕事が終わってからも、近所の公民館で開かれるクリニックの講演会に呼ばれていた。私は講演会の必須メンバーになっていた。喋るのが得意で、お菓子屋さんとして働いてもいるので、クリニックの宣伝にはうってつけの患者だったのだ。私はお菓子屋さんの仕事で疲れながらも、講演会でうまく笑いを取りながら、話を聞きに来た病気の子供を持った親たちとおしゃべりをしていた。

「こんなに元気で羨ましい。うちの子にも見せてやりたい」

そんな風に言われると、「私は生活保護の受給者で、クリニックしか行く場所がなくて、ちっとも幸せじゃない」と心の中だけでつぶやいた。


ある日、タクミくんがキレた。フルールをやめたいのにやめさせてもらえないことに堪えられず、クリニックの窓ガラスを割ったのだ。クリニックはタクミくんに窓ガラス代を請求したが、それでも、フルールをやめさせようとはしなかった。クリニックがフルールに固執するのは、クリニックの格好の宣伝材料だからだった。講演会で毎回、フルールの話をさせられているので、それくらい私でもわかる。

儲からなかろうが、メンバーが嫌だろうが、宣伝のためにフルールは稼働し続けなければならないのだ。副院長はフルールのメンバーに向かって「フルールには退職はありません」とはっきり言った。

私もここのところ、とても具合が悪い。よく眠れず、身体がムズムズして落ち着かない。ムズムズするのはデポ剤の副作用なのだが、じっとしていられず常に身体を動かし続けていて、自分でもとめたいのにとめられない。副作用止めを増やしてもらうが、薬が増えると頭がぼんやりする。頭の中では「死にたい」という気持ちがうっすらと影を落とし始めた。

そんな私とは正反対にクリニックのスタッフはみな生き生きとして、副院長は真っ赤なポルシェに乗っていた。もちろん、お金を稼ぐのは悪いことではない。だが、あのポルシェが私たち患者の苦痛や絶望のおかげでそこにあるのだと思うと、またさらに気分が落ち込んだ。

私はデイケアの一部のメンバーからひどく嫌われるようになった。あるメンバーは私のことを「クリニックの犬」と罵ったメールを送りつけてきた。フルールで働き、講演会に参加している私は特別扱いをされているというやっかみだった。心ないメールを送りつけられ、ただただ一人で傷ついていた。

フルールの仕事を終えると、「講演会に来てくれ」とスタッフからメールが入っていた。私は「行きたくないです」と返信していた。思いもよらぬ突然の反抗に対して、スタッフから非難のメールが届く。

頭の中で「もう嫌だ」という気持ちが充満して、死ぬこと以外の解決策が見つからない。私は一生、このクリニックで生活保護を受け続けたまま、クリニックと仲の良い製薬会社の薬を褒め称え、「こんなに元気な患者なんです」と嘘をついて生きていかなければならないのだ。私に人生の選択肢はなく、与えられたものだけを口にして生きていくのだとわかったら、この人生を終わらせたくて仕方なくなった。

私は向精神薬を次々と口に入れた。80錠ほどの薬を飲み込み、意識を失った私は病院へと運ばれた。点滴を打ち、胃洗浄をして、ぐったりとしている私は、駆け付けたスタッフに怒鳴られ、遂にデイケアを出入り禁止になった。自殺未遂という裏切りをふたたび働いたことにより、愛想を尽かされてしまったのだ。フルールを脱出することができたが、私はまた、行くあてがなくなった。

第4章　漫画の単行本をつくる仕事

自殺未遂を経てデイケアは出入り禁止になったが、クリニックの精神科には外来患者として通わせてもらえることになった。

外来の待合室にいると、デイケアへ向かう人たちとすれ違う。出入り禁止になった私とは、ほとんどの人が挨拶すらしてくれない。何回か遊んだことがある人は手を上げて挨拶をしてくれた。だが、付き合いが長く、よく遊んだり、電話をしていた友達が、私のしたことに対して「こんなによくしてくれるクリニックを裏切るなんて許せない」と怒っているということを聞いたときは悲しかった。

自殺未遂をしたあとはよく怒られる。もちろん、怒られるようなことをしたのだが、私が死をもって伝えたかったことは誰にも伝わらず、理解しようともしない。死ぬほど苦しく、嫌な思いをしていたのだということは誰もわかってくれないのだ。

自殺が悲しいのは、死んだあとまで責められることだろう。死ななかった私はもっといたたまれない。

副院長からはメールが一切来なくなった。たまに、街中を歩いていると赤いポルシェを見かける。こんな派手な車に乗っているのはこのあたりでは副院長だけなのでとても目立つ。あの車の助手席に私はよく座っていた。しかし、また乗りたいかと言えば、まったくそんな気は起きない。ポルシェのシートに座るのは気分がいいが、しょせんは助手席だ。自分が運転できる日は一生来ないのだ。

駅で副院長とすれ違ったことがあった。デイケアのメンバーと楽しそうに歩いている。フルールで一緒だったサラちゃんだった。副院長はサラちゃんをクリニックの宣伝に使っているようだった。サラちゃんと何度か講演会で話をしに行ったことがあるが、サラちゃんは漢字が読めないので、スライドに書かれた漢字でよくつっかえる。それでも持ち前の明るさでいつも乗り切っていた。それに、サラちゃんはここでの生活に疑問を持っていない。学校には中学校から行っておらず、そのあとは、入退院を繰り返して、いまのデイケアにたどり着いたのだ。バイトもしたことがなく、外の世界で働いたことも、クリニックと関係ないところで一人暮らしをしたこともない。現状に満足している彼女はきっと、私よりもうまくやれるだろう。

主治医が代わり、非常勤の女性の医者になった。私はまず、デポ剤をやめたいとお願いした。どうしても、デポ剤に含まれている薬が必要なら経口薬にしてほしいと頼んだ。デポ剤をやめてからは痛みから解放されてホッとした。いつも臀部が鈍く痛み、ときどきしこりもあったが、それも無くなった。

高い医療費も安くなったはずなのだが、レシートをもらっていないのでわからない。ネットで「生活保護でも自分の治療にどれくらいのお金がかかっているかを知るべきなので領収書を確認しましょう」という内容の記事を読み、レシートがほしいと会計で頼んだのだが、「あなたがもらっても仕方ない」と言われ、渡してもらえなかった。また私の中で猜疑心が募っていった。

医者のほかには誰とも会わない日々、誰とも話さない日々が続き、私の心の中で膿がどんどん溜まっていった。このクリニックはやはり生活保護受給者から多額の医療費を取っているのではないか。そう思っていた矢先に、ニュースで貧困ビジネスの特集を見た。貧困状態の人たちを集めて集合住宅に住まわせる。そして食料や衣服などの生活用品を支給する代わりに、生活保護費を全額納めてもらう。食料や衣服は粗悪なものを支給し、浮いたお金を経営者は自分のものにするというものだ。貧困に苦しむ人々は理不尽な目に遭っていると思いながら、そこから脱出することができないでいた。状況は違えど、これに近いことをやっているのではないか。

次の外来診察の日、レシートを発行してほしいとふたたび会計で頼んだのだが、やはり断られた。理由を何度問いただしても「出せない」の一点張りだ。

そのうち、副院長がやってきた。ニコニコ顔で「久しぶり～」などと言いながら近づいてきて、何をもめているのか聞いてきた。私はレシートがほしいと再度伝えるが、やはりそれは出せないという。理由を聞くと「電子カルテだからもう操作できない」というのだ。私は理解ができなかったが、とにかく、自分の医療費がいくらかかっているかを知りたいと訴えた。ただ「無理」とつっぱねる副院長に対して怒りが湧き、

「何かやましいことがあるんじゃないのか！」

と、声を張り上げた。それに呼応するように副院長も怒り始め、

「あなたはそんな人じゃなかった。何が不満なの！」

怒鳴ってデイケアのほうに去っていった。結局、その日はレシートを出してもらえなかった。次に行ったときからはレシートを出してもらえた。

2週間に一度の通院をしているだけで、どこにも行くあてはなかった。何か資格があれば職につけるのではと思い、専門学校の説明会に行った。ただ、生活保護を受けながら専門学校に通うことは許されることなのかわからなかったし、そもそも学費を捻出できそうにない。私はどこからやり直したらいいのだろう。

街中で掲示されている求人情報をよく眺めるようになった。コンビニで働いたときは、接客が苦手ですぐにやめてしまったことを思い出す。アパートのポストに届く求人広告には病院の受付や工場でのピッキングの仕事もあった。仕事をするなら内勤がいいけれど、高望みだろうか。「ちゃんと働きたい」という想いが私の中でどんどん膨らみつつあった。

そんな日々を過ごしていた頃、クリニックの待合室で、あるNPOが発行している雑誌に目が留まった。どうやらこのNPOでは精神保健福祉の向上を理念に掲げており、メンタルヘルスに関する本をたくさん出版しているようだ。私はこのNPOに電話をしてみることにした。元編集者だから雇ってもらえるのではないかと思ったのだ。

電話をする前に頭の中でリハーサルする。「ダメな可能性も高いけど、行動を起こさないことには何も始まらない」と自分を叱咤激励する。緊張しながら電話をかけ、1オクターブ高い声で「そちらで雇ってもらいたい」とお願いをした。しかし、現在は人が足りているからと丁重にお断りされた。ダメでもともとの気持ちで臨んだものの、断られるとやっぱり落ち込む。私はそれっきり何のアクションも起こせなくなった。ただ無為に毎日を過ごした。

しかし後日、NPOから連絡が届いた。

「漫画の単行本の制作を手伝ってほしい」

電話をかけた際に、漫画編集の経験があることを伝えていたのだ。驚きと嬉しさと緊張で心がもつれた。この感情の乱れはいい乱れだ。「自分が社会に必要とされている」ということへの、喜びのバイブレーションだ。

詳しく話を聞くと、今回は「ボランティア」としての採用で、単行本ができあがるまで賃金は発生しないということだった。それでも構わない。単行本が出れば、何かの足がかりになるだろうし、家にいるよりかはずっとましだ。私はようやく仕事にありつけるのだ。

ボランティア初日、指定された時間に事務所を訪ねた。スーツは持っていないし、用意するお金もないので襟のついたシャツに黒のズボンで行く。私の精一杯の正装である。

事務所はビルの2階にあった。とてもこじんまりとしたところで、かつて働いていた編集プロダクションを思い出した。昔の職場はそこらじゅうに紙の資料が散らばって雑然としていたが、この事務所は綺麗に片付いていた。扉を開き、挨拶をする。

「約束をしていた小林エリコです」

優しそうな女性が部屋に通してくれた。ときどき、談笑する声が聞こえてくる。「ああ、働きやすい職場なのだな」と思った。部屋の隅には茶色い紙に包まれた四角い荷物が積まれていた。包み紙に本のタイトルらしい書き込みがある。インクと紙の匂い。好きな匂いに囲まれて、すこし安堵した。新しい仕事への不安と期待が押し寄せるなかで、「本に関わる仕事なら大丈夫だ。編集の仕事のせいで精神をおかしくしてしまったこともあったけれど、私はやっぱり本が大好きなのだから」と自分に言い聞かせた。椅子にきちんと腰掛け、そわそわしながら自分の爪先を見つめ、編集長がやって来るのを待った。

黒ぶち眼鏡をかけた、中肉中背の男性が現れた。編集者というと、自由な服装のイメージがあったが、NPOだからだろうか、きちんとスーツを着ていた。久しぶりに身なりがちゃんとした人に会ってホッとした。パーマさんもこれくらいきちんとしていたらいいのに。パーマさんはいつも何かの作業着みたいな服を着ているのだ。それに比べて編集長は清潔感があり、ニコニコとして穏やかな印象を受けた。編集長から名刺を受け取った。誰かから名刺を貰うのは何年ぶりだろう。

いよいよ私が編集を任される漫画について、詳しい話を聞く。事務所にいつも投稿されてくる原稿があり、本にまとめたいと考えているが、画力がないため、もっと絵がうまい人にリライト（描き直し）をしてもらわないとならないらしい。しかし、漫画の編集方法がわからないので、経験者に任せたいのだという。金銭難なのでたくさんのお金は出せない。単行本を作り終えたあとに謝礼として10万円を支払うということだった。

「これをまとめて欲しいんです」

編集長は封筒から原作を取り出して私に渡した。かなりの厚みがある。きちんとした原稿用紙には描かれておらず、漫画用の付けペンやミリペンではなく、すべてボールペンで描かれていた。セリフもすべて手書きだった。内容は子育て漫画のようだが、成長した子供が出てきたと思ったら、次の話では赤ちゃんの頃の話になっている。どうやら、うつ病の母親が夫と揉めながら子育てをしているらしいということがなんとか読み取れた。他にも主治医とのやりとりや、姑とのいざこざなども描かれている。漫画にはいくつかの基本的なルールがあるが、それらはすべて無視されていた。

ページごとに縦に1本のネタが描かれているので4コマ漫画かと思ったら、実際は7コマくらいある。絵は素人の落書きといった感じで、コマが小さくて見辛い。セリフも長ったらしい。たしかに単行本として出版するのは無理だろう。こんなぐちゃぐちゃな漫画をまとめることができるのだろうか。漫画の編集経験がある私もこんな漫画は見たことがない。漫画と呼ぶのもはばかられる、コピー用紙にボールペンで下書きもせずに乱雑に描かれた落書きである。

私は唖然としてしまったが、編集長はニコニコしていた。

「もう10年くらいこの人はこれを送ってきているんだよ。どうにかして形にしたいと思っているんだ」

きっとこの人は他人に対して「ダメ」だとか「よくない」とかそういうことを思わないのだろう。こんな原作でもどうにか形になると思っているのだ。

「そうですね。このままでは余計なストーリーも多いと思いますし、そういうのを削って、絵の上手な人に直してもらったら、良くなると思います」

調子のいいことを言ってしまったが、本当は不安で仕方なかった。私の想いをよそに、編集長は原作に対しての想いを語り始めた。

「これを描いた人はうつ病を患っているんだ。でも、こうして編集部にずっと原稿を送ってくるんだよ。最初の頃は子供がまだ幼稚園児だったけど、いまじゃ中学生だからね。うつ病だけど、こうして立派に子供を育てられているというのを知ったら、同じ病気の人にとって励みになると思うんだ」

編集長の顔をまっすぐ見てみた。とてもいい人なのかもしれない。笑ったときにできる目尻のシワを眺めていたら、この仕事がなんとかなりそうな気がしてきた。

「編集長は、これを全部読んだんですか？」

「いや、読んでないよ」

読んでないのかよ！　と突っ込みたくなった。困ったときは編集長に頼ればいいと思っていたが、これでは頼れない。編集長すら読んでいないこの原作をまとめられるのか、不安になってしまった。

リライトをしてもらう漫画家は編集長がすでに決めていた。その作家は商業誌でデビューした経験があるものの、ヒットには恵まれず、次第に漫画を描かなくなってしまったらしい。商業誌に書いていた頃のイラストと、作家が編集部に送ってくれた最近のイラストを見せてもらった。それなりにうまいが、それでもデビュー時と現在の作品を比べるとあきらかに画力が落ちていた。うまく仕事ができるのかわからない。だが、この仕事を受けないという選択肢は私にはない。

病気のこと、生活保護を受けていることといった自分の状況を打ち明けると、編集長は、「生活保護を受けているときにあなたが10万円を受け取ることが法的に問題ないのかわからない」と言った。生活保護の受給中にボランティアをすることは可能だが、一定の収入があると切られてしまうとのことだ。一時的とはいえ、10万円は大金だ。10万円の収入を得たら、生活保護を切られて収入がゼロになるのだろうか？　それからはどうなるのだろうか？　私にもまったくわからなかった。しかしこの話を断ったらまた地獄に戻るだけだ。

「やらせていただきます」

深々と頭を下げた。編集長も、

「まあ、完成は先だからどうにかなると思う」

と、言ってくれた。かくして私は単行本の編集の仕事を引き受けた。生活保護から脱出する道がこの先につながっていると信じて。


まずは膨大な量の原作に目を通さなければならない。この作業は自宅で行うことにした。事務所だと緊張で疲弊してしまうので、編集長にとりはからってもらったのだ。段ボールにぎっしりと原作を詰め込み、宅配便で自宅に送る。ゆうに40を超える封筒が入った段ボールはかなりの重さで、事務所の通路をずるずる引きずって移動させた。

「遅くとも1か月以内にはきちんとまとめます」

元気よく編集長に宣言して、事務所をあとにした。

翌日、自宅に段ボールが届き、はやる気持ちで封を開ける。なんだか嬉しい。身体がいつになくきびきびと動く。送られてきた原稿を広げると私の部屋は足の踏み場がなくなった。

段ボールにいったん原稿を戻して、部屋の片隅に置く。部屋の空気が違う。あんなに窮屈で窒息しそうだった部屋が段ボール1箱で一変した。私の自宅は仕事部屋になったのだ。受験のときよりも、就活のときよりも気持ちが燃えていた。この仕事は生活保護を受けている私の人生を左右しているからだ。

封筒の消印を見て、送られてきた順番に原作を並べた。仕事をしている感じがして、身震いがする。ひさしぶりに与えられた仕事。私は「自分が必要とされている」と改めて感じられた。フルールで働いていた頃や、クリニックの講演会に呼ばれていた頃も「必要とされている」と思えて少し嬉しかったのは事実だけれど、頭の中では「自分は利用されているだけだ」とも感じていた。しかし、今回は違う。

端から順に原稿を読んでみて、使えそうなネタに付箋をつける。置く場所がないので、布団の上にも原稿を並べていく。すぐに次のネタを読む。付箋を貼る。彩りのなかった私の部屋は蛍光ピンクの付箋で眩しくなった。気がつくと日が暮れていた。疲れも出てきたので、付箋をつけたまま原稿をもとの封筒にしまった。まだ私の仕事は始まったばかりだ。

2日目、早速、昨日の仕事の続きに取り掛かる。まだ中身を見ていない封筒に手をつけた。原作の時系列があきらかにおかしい。ひとつの原稿用紙に子供が大きくなってからの話と赤ん坊の頃の話が混在している。ときどき、親の介護の話も出てくる。

どっと疲れが襲ってきた。疲れに飲み込まれると、また不安が首をもたげる。原稿の隙間にとりあえず腰を下ろし、視線の先の原稿をしばらくぼんやりと眺めていた。「今日はここまでにしよう」と作業を切り上げ、封筒を元どおりに段ボールにしまう。

3日目、気合を入れて段ボールから封筒を取り出した。原作を畳の上に広げる。原稿に番号が振ってあることに気付いたが、数字のほかに、アルファベット、ひらがなが混ざっている。五十音順だけではなく、いろはにほへと順も混ざっているようだった。甘くなかった。脱力し、嫌になって原作を封筒にしまい、外へと散歩に出かけた。

4日目、昨日は原稿を投げ出してしまったので、きちんと原稿に向き合おうと心に決めた。「ここで投げ出してしまったら地獄に逆戻りだぞ」と自分を奮い立たせた。今日は封筒を2つやっつけると決めた。

原作をまとめる仕事は1日のうち、2、3時間ほどしか取り組んでいない。それぐらいしか気力が続かないのだ。しかし、長い間、クリニックと自宅の往復を繰り返していた私にとっては、仕事をこなすことができるようになったのは喜ぶべきことだった。

それにこの仕事には、フルールの仕事にはないやりがいがある。ひととおり働き終えたあとは気分がすっきりして、ふくふくとした達成感が沸き起こった。中古のゲームや古本が置いてあるお店まで歩いて行って、商品を眺めて時間を潰す。夕暮れのなか、長く伸びる自分の影を見ながら家に帰って、深めのフライパンにお湯を入れてそうめんをグラグラ茹でる。ＮＰＯのスタッフが私の生活が苦しいのを知ってか、何束もくれたものだ。

とても読みづらい原作だが、だんだん慣れてくると面白くなってきて、ときどきクスリと笑ってしまう。これを1冊の本に仕上げるのだと思うとやる気が湧く。

あるときは自宅を抜け出してファミレスで作業をした。家の外で原作を広げるのは褒められたものではないかもしれないが、なんとなく誇らしい。仕事をしているということを世の中に見せつけているようで、いちばんのストレス解消だった。仕事というものは、なんて素晴らしいのだろう。

2週間くらい経った頃、恒例となった夕食のそうめんを茹でながら、このそうめんをもらったことを市役所に報告しなければならなかったのではないかと不安になった。だけどもう、ほとんど食べてしまっていた。パーマさんに会ったときに聞きたいけれど、パーマさんとはしばらく顔を合わせていない。

「終わった……」

私は深く息を吐いてそのまま横になった。顔を上げるとすっかり夕方になっていた。カナカナカナとひぐらしの鳴く声が聞こえる。

筋の通ったものにまとめ上げるまで、1か月近くかかってしまったが、自分は無力でないという自信が湧いてきた。布団に並べられた付箋だらけの原稿の束は、私をここ数年味わったことのない気分にさせた。

ああ、お酒が飲みたい。財布を持って、スーパーまでお酒を買いに行った。いちばん安い発泡酒を選んで買う。おつまみにポテトチップスも買った。

プルタブを開け、炭酸の液体を喉に流し込むと、充足感があった。仕事がなくて実家にいた頃もお酒を飲んでいたが、それは辛さと退屈から逃れるためのお酒だった。濃いチューハイを飲む私を、母が不安そうな顔で眺めていたのを思い出した。

だが、今日はこれまでと違った理由でお酒を飲みたかった。お酒は寂しいときや暇なときに飲むものではなくて、仕事が終わったときにリラックスするために飲むものなんだ。そんな当たり前のことすら私は忘れていたのだ。

まとめ終わったことを編集長に電話で報告する。使えるネタをコピーしてファイリングしていくことになり、月に2、3回くらい事務所に行くことになった。事務所の始業は朝9時半だ。事務所に初めて行ったときはお客さんのように迎え入れてもらっていたが、これからは職場の一員として扱ってもらうことになるので、余計に緊張する。

迎えた出勤日、編集長が事務所の人たちを一人一人紹介してくれた。広報担当、書籍担当、経理担当。顔と名前を覚えるのは苦手だけれど、おいおい覚えていけばいいだろう。

席につき、付箋がついた原作を取り出す。コピー機の使い方に自信がないと言うと、編集長が教えてくれた。私一人でコピー機を占領してしまってなんとなく居心地が悪い。緊張が続く。

ときどき話しかけられて、前の職場のことを聞かれた。私の前の仕事は編集職だったけれど、そのあとはまともに仕事につけていない。結局、「自宅療養しながらバイトをしていた」と答えた。

お昼ご飯は近くのコンビニで買ってきて、事務所で食べる。お昼をとる時間がみんなバラバラのようで、たまたまタイミングが重なった販売担当の男性と少し話した。私が一人暮らしをしていることを告げると、

「ここにはボランティアとして来ていると聞いたけど、生活費はどうしてるの?」

私は答えに詰まった。うつむいたまま小さな声で答える。

「生活保護を受けています」

事務所ではみんな仕事をしているので、静まり返っていて、私の言葉が響いた。きっ

とみんな、いまの言葉を聞いただろう。私は恥ずかしくてこの場から逃げ出してしまいたかった。ただただ、おにぎりのフィルムを機械的にはがし、米粒を口に運んだ。コンビニのおにぎりを食べることすら悪いことのように思えた。

私は疲労と緊張にみるみる飲み込まれてしまい、1時間後には頭が動かなくなり、14時に退勤させてもらった。お金はもらっていないし、病気のことも知っているから大丈夫だと思いたい。頭がガンガンする。久しぶりの職場で緊張して身体がこわばった。耳鳴りも酷い。私は家に着くと倒れ込むように布団に入り夕方まで眠り続けた。約10年のブランクは厳しい。

こんな調子の私がそれでも通い続けられたのは、編集長が仕事を丁寧に教えてくれたからだ。2度目に出勤したときは、原作者に送るメールの文章もチェックしてくれた。私が編集者として働いていた頃は、パソコンが現在ほど普及していなかったので、主な連絡手段は電話とファックスだった。そのため、仕事でメールを送るのは初めてで、挨拶や文章の締め方などがさっぱりわからない。

仕事の依頼の仕方も、自分で書いた文面が失礼になっていないかどうかまったく自信がない。わからないことだらけだ。メールを1通書くのに1日かかった。

職場のメールアドレスを作っていないので、私用のメールアドレスを使った。パソコンはスタッフと共有だったので、毎回ログアウトに気を遣った。

「ちょっと小林さんに会議室に来てもらいたいんだけど」

ある日、編集長から急に呼び出された。私はとっさに「怒られる！」と思った。個室にはいい思い出がない。学生時代、クラスでうまくやれず、生徒指導室に通っていた時期があった。バイトをするようになってからも個室に呼ばれるのはきまって叱責されるときだった。過去の経験から、私は身構えた。

編集長は会議室の机でノートパソコンを立ち上げると、ユーチューブで動画を検索しはじめた。

「小林さん、『カムイ伝』が好きだって話してたよね。これ知ってる？」

そう言って、昔、アニメでやっていた『カムイ伝』のオープニング映像を見せてくれた。てっきり怒られると思っていた私は拍子抜けしてしまった。「職場」という場所は、過剰に緊張して身構えなくてもいいものなんだと知った瞬間だった。
1、2か月経った頃には職場にも慣れ、16時まで働けるようになった。働いた日の翌日はどっと疲れが出て寝ているばかりだったが、少しなら家事をすることがだんだんできるようにもなった。

大きな出来事もなく半年くらいが過ぎた。生活のリズムが整い、精神的にも安定してきた。休日は古本屋さんに行って読みたい漫画をまとめて買う。新品で買わないと漫画家さんにお金が入らないけれど、いまの状況を考えると致し方ない。学生の頃はほとんど新品で買っていたので、許してもらえるだろう。家で好きな漫画を読んでいると、気持ちが落ち着いた。

昼食は同僚の女性4人で集まって食べるようになった。私はおしゃべりが好きなのでつい話しすぎてしまうのだけれど、みんな笑ってくれた。誰かと一緒に食べるお昼の時間は楽しかった。昨日見たニュースのこと、最近気になっている漫画のこと。私はきっと話し足りていなかったのだと思う。

生活保護を受けてから人に会うのが怖くなって、話すことが億劫になっていたけれど、職場で人と会話をするようになってからは元気になっていく自分を感じた。思えば、いろんな場所で人は会話している。喫茶店で、居酒屋で、家庭で。自分の心を健康に保つ方法を人は知っているのだ。自分の身に起こったことを誰かに話すだけで、すっきりした気持ちになる。会話はどんな薬よりも心に効く。薬の副作用で昼間に眠たくなるし、喉が渇いて水ばかり飲んでしまうので、次の診察のときには睡眠薬を減らしてもらう相談をしようと決めた。

2週間に一度、お休みをもらって診察に行く。精神科の待合室はいつも混んでいて、待つだけで1時間以上は確実にかかる。2、3時間待つこともあるので、それだけでクタクタに疲れてしまう。

会計をせずに病院を出る。精神科ではときどき会計をしない人を見かけるが、私と同じように生活保護を受けているのかもしれない。薬局を訪れると、ここでも1時間以上待たされる。お昼過ぎに予約を取ったのに、帰る頃にはもう夕方だ。精神科の診察だけでまる1日かかることを思うと、通院しながら働くことは可能なのだろうかとぼんやり思った。


単行本の編集作業が忙しくなってきたので、週4日出勤することになった。原作のファイリングがようやく終わり、編集長の指示のもと、余計な部分は減らし、足りない箇所の追加を原作者にお願いすることになった。

編集長と一緒に原作を読み、足りない箇所や余分な箇所を話し合う。たとえば赤ちゃんの頃のエピソードが少なすぎるなど、打ち合わせしていると気になる箇所が大量に出てくる。

問題点を書き出して、原作者に伝える。修正してもらったものをファックスで送ってもらう。こんなことなら最初から順序よく書き下ろしてもらえばよかったかもしれない。この仕事を始める前にもうちょっと、編集長とこの原作をどういう内容で、どういった形にするのかをきちんと話し合っておくべきだった。ただポンと渡されただけで引き受けてしまったのは間違いだった。だが、とにかく形になっただけでありがたい。

編集長はできあがった原作の束を見て、

「そろそろ、リライトの人と打ち合わせをしなくちゃね」

と、言った。ようやく編集らしい仕事になる。原作者、漫画家と三人四脚で作品を作り上げていくことになるのだと思うとワクワクした。ネーム（セリフやキャラクター、コマ割りなどを表した漫画の設計図のようなもの）のチェックや、セリフに使うフォントの指定なんかもすることになるだろう。昔の仕事を思い出してきた。

数日後、編集長と一緒に電車に乗って、集合住宅の一角にある漫画家の自宅を訪れた。お母さんが麦茶とお菓子を出してくれる。挨拶と雑談を交えながら、仕事の話をする。原作ファイルを渡して「これをネームにしてください」とお願いした。漫画家はペラペラとファイルをめくり、原作に目を通していた。

「メールでのやり取りを主にしたい」と伝えると、漫画家はネームをＰＤＦで送る方法がわからないというので、私がスキャナーの設定をすることになった。ＧＯサインが出たネームから原稿を作成してもらうことになるが、単行本まるまる1冊書き下ろしとなれば相当な量になる。この人と頑張っていきたいと思った。

手が空いているときは、事務所のほかの仕事を手伝った。封入作業などの単純なものが多かったが、エクセルの入力の仕方も勉強し、頼まれる仕事のレベルはだんだんとあがっていった。仕事を頼まれるのは信頼されている証拠だと思った。

それだけに、給料日は憂鬱だった。私はボランティアなのでお給料は発生しないということはわかっていても、事務局長が給料袋を職員に渡す光景を見ると、もやもやとした気持ちになってしまう。週４日出勤して、仕事もこなしている。だけど私は生活保護のままだ。

やはり、私は報酬に値しない人間なのだろうか。でも、何もすることがなく家にいるくらいなら、この事務所にいるほうがいい。誰かと一緒にいれば、悪い考えにとらわれすぎることもなくなる。それに、毎日行く場所があることはありがたい。しかも、自主性を奪われたクリニックのデイケアではなく、仕事をする場所だ。漫画が完成してここを去るまで、ボランティアとして居続けさせてもらおう。この仕事は自分のリハビリになる。普通の生活に向けてのリハビリになるはずだ。

ある日、お昼休みにみんなで新聞を見ながらご飯を食べていた。政治家のゴシップに対して、口々にあーだこーだと言い合う。新聞記事より新聞に載っている雑誌の広告の見出しのほうがおもしろい。次の話題に移るために新聞をめくると、生活保護について書かれた記事が載っていた。私は責められているような気がして、目を伏せて、忙しく箸を動かしておかずを口に運ぶ。他の人たちは特に気にしているわけでなくおしゃべりを続けていたが、私はなんだか気まずくなって黙り込んでしまった。

毎日、外に出て仕事をしていても、帰れば一人で過ごし、お金がないので誰にも会わないでいる。自分のこれからのことを誰かに相談したいのに、誰にも相談できない。

本当はパーマさんに相談に乗ってもらうべきなのだろうけど、彼からは人を支援するという意志が感じられない。このままの生活が一生続くのかという不安が膨らんでくる。考え始めると怖くなってきて、頭をブンブン振ってその考えを払いのけた。

日々の行き場ができたことで元気を取り戻しつつある一方で、困ったことがあった。パーマさんの訪問を受けられないのだ。訪問を受けないまま何か月も過ごしていたら、あるとき電話がかかってきた。

「小林さん、いつもどこに行っているんですか」

怪しむような声でパーマさんは私に尋ねた。もしかしたら、勝手に働いて不正受給をしているると思っているのかもしれない。

「NPO法人にボランティアしに行っているんです」

私は正直に答えた。

「しかしね、これ以上、訪問ができないのだったら、生活保護を打ち切らなければならないから。とにかく一度、訪問して家に上がらせてもらいます」

訪問を受けなかったら、即生活保護打ち切りなのだろうか。いま生活保護を打ち切られたら生きていけない。パーマさんの言葉は脅しのようにも感じられた。

「わかりました。家にいるようにします。……あの、家の中に上がって何をするんでしょうか」

「貴金属とかアクセサリーとか、高価なものがないか調べさせてもらいます」

私はビックリしてしまった。パーマさんは私が高価なものを隠し持っていて、不正に生活保護を受給していると疑っているのだ。

言葉が出なかった。何と答えていいのかわからなかった。貴金属など買えるわけがないし、人からもらうわけでもない。私が生活保護を受け始めたときに、貴金属を隠して持っていたと疑っているのかもしれない。生活保護を受けるということは、家の中もすべて見せなければならないものなのだろうか。

私は制度の中でがんじがらめになっていた。自由もプライバシーもない状態で、生きているというより生かされているという感じだ。カゴの中の鳥のように小さな空間の中で羽をバタつかせ、出てくる餌を食べて生きているだけだ。一生外には出られないまま息絶えるのだろうかと思うと、暗澹たる気持ちになった。

結局、訪問する日時をきちんと決めてもらい、その日は家で待機することになった。しかし、パーマさんは指定した時間には来なかった。電話をかけてみると、急用ができたので訪問できないと言われた。結局訪問は受けられずじまいだったが、生活保護打ち切りにはならないようだった。


気付けば、年末になっていた。市から「お餅代」として1万円が振り込まれていた。これは「期末一時扶助」という、越年資金として生活保護受給者に支給されるものだ。ボーナスをもらったことが人生で一度もなかったけれど、ボーナスみたいなものだろうか。無職になってからこんな形で臨時にお金をもらうなんて、人生は皮肉だなと思った。

NPOの忘年会に誘われないかなと期待していたのだけれど、誘われなかった。寂しかったけれど、我慢した。

年越しもひとりだった。生活保護を受ける際に「親は面倒を見られない」という旨の書類を書いて市役所に提出しているので、年末といえども実家に帰ってはいけないように思った。それに、母の顔を見たくないという気持ちもあった。私は自分がこのような境遇にあるのを、どこかで母のせいにしていた。三十路を過ぎてこのようなことを考えるのは情けないが、どこかで誰かのせいにしないと自分を保てないでいた。私はまだ母に甘えている。

テレビの特番を見ながら、今年のことを振り返った。ボランティアとしてではあるが、外の世界で働くことができて、ずいぶん前に進むことができたと思う。職場はクリニックのデイケアとは違って、厳しいけれど、自分を成長させてくれる。

大根と人参と鶏肉でお雑煮を作った。トースターでお餅を焼いて、ひとりで新年を祝った。自転車に乗って神社まで行く。配られている甘酒を頂いた。熱くて甘い甘酒を、チビチビ飲んだ。こうして甘酒を無料でふるまってくれるのだから日本はいい国だと思う。ただ、お湯と砂糖を大量に使っていて、酒粕の味はうっすらとしかしなくて、甘いお湯を飲んでいるようだった。実家で母が作る甘酒はどろりとして酒粕がたっぷり入っていた。そういえば、甘酒を自分で作ったことがない。酒粕がどれくらいの値段なのかわからないけど、そんなに高くなかったら自分で作ってみようかなと考える。

お賽銭を投げて、神様にお願い事をする。今年こそ、働いてお給料がもらえますように。お参りを終えて、神社の長い石段を駆け下りる。残りのお正月休みは、のんびりと過ごした。仕事があるからこその「休み」なのだと、身にしみて感じた。


新年早々、職場に新しいスタッフが入った。40代くらいの主婦・佐藤さんは私と同じくボランティアとしてやってきた。職場の人手不足を感じていた私は、同僚が増えることを嬉しく思った。

お昼休み、佐藤さんを交えて、ご飯を食べながら世間話をする。私はアパートの隣の部屋の男性が、夜中の12時を過ぎて洗濯機を回すのでうるさくて眠れないという話をした。すると佐藤さんが何気なく答える。

「私も前に住んでいたところのお隣がうるさくて、嫌だったから引っ越したの。いまは全然音がしないところに住んでるから平気よ」

引っ越しをする余裕もない私は、引っ越そうと思えば引っ越すことができる彼女を羨ましいと思った。音がしないマンションというのもすごい。住んでいるところが田舎なら当然だけれど、詳しく聞くと都心に住んでいるらしい。きっといい立地にある鉄筋コンクリートのマンションなのだろう。

それから週に2日だけ事務所にやってくることとなった佐藤さんだったが、彼女の言動はどこか私の心をざわつかせるものがあった。佐藤さんはお昼ご飯にいつも大盛りのカップラーメンを持参していた。「安売りしていたから」と言うのだが、毎度食べきれずに残す。最初から食べきれないものを買う気持ちがわからない。食べ残したカップラーメンをゴミ箱に捨てるのだけれど、ゴミ片付け担当の私としては、できるだけ生ゴミは出したくない。

また、私はあまり服を持っていないため、多少穴が空いてもその服を着続けていることがあった。ある日、佐藤さんは私に向かって、

「いつも同じ服を着てるわね。あら、その服、穴が空いている!」

と元気よく教えてくれた。専業主婦で身綺麗にしている彼女にそんな風に言われると、「好きで穴の空いた服を着ているわけじゃない」と悔しい気持ちが湧き上がる。私が生活保護を受けていることを、彼女は知らないかもしれない。わざわざ自分から伝えることではないし、他の職員が教えることもないだろう。しかしそれでも、デリカシーに欠けているように私には思えてしまった。

佐藤さんは仕事をよく休む。致し方のない事情があるならいいが、理由が「歯の詰め

物が取れたから」だったときは脱力した。その次に休んだときは「家の水漏れ」だった。欠勤が多いと、その理由も怪しく思えてくる。佐藤さんが休むと私に仕事が回ってくるので、自分の仕事ができなくなることが多くなった。

また、佐藤さんはパソコンでの作業がちっともできなかった。それなのに、エクセルのファイルを自分なりに積極的に作り変えていた。上司は表情には出さないものの、だいぶ困惑していたはずだ。「佐藤さんがいじったファイルを整理する」という仕事が生まれたので察しはつく。

ファイルを開くと、いやに細かい文字と、色とりどりのセルが目に飛び込んできた。もともとキロバイトしかなかったファイルの容量がメガバイトになっていた。どこかに画像でも貼ってあるのだろうか。いらないと思われる項目は削除するべきかを上司に尋ねると、私の質問を聞き終わるまえに「いいよ、いいよ、削除して」とめんどくさそうにあしらわれた。

なぜ佐藤さんはこの職場にやってきたのか。聞くところによれば、佐藤さんはこのNPOの理事のファンなのだという。理事はこの業界で有名というだけで、芸能人などではない。しかし、理事のうしろを嬉しそうに歩き、理事の写真を欲しがる佐藤さんが理事に心酔していることはたしかだった。その理事が彼女をボランティアとしてこの職場に送り込んだのだった。理事の後ろ盾を持った佐藤さんに対して、私たちは何も言うことができず、週2日しか来ないボランティアでありながら彼女の意見が通ってしまう。

　あるときはNPOの雑誌をもっと知ってもらうために、全国の薬局に見本誌を置いてもらうのがいいのではないかと会議で佐藤さんが発案した。その意見が通ってしまい、見本誌を発送することになったのだが、その量は膨大で、住所のラベルを貼るだけでも一仕事だった。それに、他の職員は通常の仕事があるので、あまり発送作業に加わることができない。

　肝心の佐藤さんは「時間なので帰りまーす」と言って、発送作業をしている私を尻目に帰宅してしまった。結局、いちばん手が空いている私がほとんどの発送作業をこなした。肩がパンパンにはり、手首は腱鞘炎になった。結果として効果はさほどあったわけではなかった。完全に無駄だったとは思わないが、雑誌の購読者数が増えたわけではなく、むしろ、かなりの額の送料がかかってしまった。

　佐藤さんが勢いで作った、決して使われることのないリングノートやストッカーのラベルが私たちを取り囲んでいた。職場のムードはどこかピリピリしていた。

「これ、どう思う?」

　上司が差し出してきた封筒のラベルはひどく曲がっていた。

「ちょっと、曲がりすぎかと……」

私がおずおずと答えると、

「やり直しかな」

上司がボソッと言った。おそらく、佐藤さんがやった仕事だろう。きっと私がやり直すことになる。同じ仕事を2回もする不毛さを思うとやりきれなくなった。いつもと違う入力作業を急に頼まれることも増えた。

あるとき、彼女を送り込んだ張本人である理事が事務所に現れた。

「佐藤さん、頑張ってるみたいだからよろしく〜」

たしかにさぼって遊んでいるわけではないが、それを「頑張ってる」と言っていいのだろうか。私は納得のできない気持ちを腹の中に抱え込んでいた。しかし、それを表に出すことができずにいた。ずっと赤べこのようにへこへこしていた。

トイレに駆け込む頻度が増えていた。激しい腹痛がやってきて、席に座っていられない。心が不安定になっていっているのがわかった。

ある日、限界が来た。私がいつものようにエクセルのファイルを整理していると、佐藤さんはまたなにやらエクセルのファイルをいじっている。私は佐藤さんの謎の仕事に怯え、彼女が増やした仕事をまた片づけなければならないのだと思うと、気分が悪くなった。トイレに駆け込み、私は泣いてしまった。

「大丈夫？　もう、今日は無理しないでいいから」

上司に心配されてしまった。大丈夫じゃなかったけれど「定時までやります」と答え、涙を拭いてまたパソコンに向かった。

しかしその日を境に、佐藤さんは休みがちになり、やがて職場に私物を置いたまま来なくなってしまった。何の挨拶もない。何の言葉もない。彼女は去って行った。佐藤さんが貼った「緊急に整理すること！」と書かれたラベル付きのストッカーがそのまま残っていた。

私は佐藤さんが作りすぎた資料を解体してシュレッダーにかけていた。長いあいだ置きっぱなしの資料はところどころヨレていた。佐藤さんがいなくなってから、それまでのことが嘘のようにあらゆることがスムーズになった。人が減ったのに、仕事は早く片付いた。偉い人が送り込んでくる関係者には気をつけなければならないと、ひとつ勉強になった。

障害者と健常者の境目は何だろうか。私は障害者で、佐藤さんは健常者だ。心の病気や障害は本人次第な部分もある。私が自分を障害者であると納得しているのは、この社会で生きづらさを感じているからである。

誰だって生きづらさを抱えているが、それが生活に支障をきたすようになったとき――たとえば、仕事ができない、学校に通えない、外に出られないほどになると、何らかの障害があると認めざるを得ないだろう。

逆に、思考の落ち込みや不安定な言動などがあっても、自分を取り囲む世界で生きていくことができているのなら、問題がないとも言える。私はつい、佐藤さんは何かの病気だったのではないかと考えてしまうが、本人がそれほど困っていなければ、病気を疑うこともないだろう。

もちろん彼女が心のうちで何を感じて生きていたのか、私は知らない。しかし健常者と障害者の境目はあるようでない。あるのは立場の違いだけである。私は精神障害者になったことで、自分の愚かさや病的なところに向き合うことができたと思う。ずっと不明瞭だった自分の生きづらさに精神障害という名前がついたことで納得ができるようになり、ある意味では気持ちも楽になったのだ。

職場を出ると、空気が少し暖かかった。だんだん春が近づいているのだろう。自宅近くの歩道脇に植えられた桜の木を見上げると、固いつぼみが枝にたくさんついていた。ふと、短大生の頃、友達と上野公園でお花見をしたことを思い出した。公園はひどく混んでいて、私たちの近くを陣取っていたサラリーマンが空いたヨーグルトの容器にお酒を注いで、「飲め！」と言って渡してきた。私は笑いながら受け取った。酔っぱらいの無礼はたいして気にならなかった。ヨーグルトの器に桜の花びらが浮かぶ。

あの頃の私は見えない将来に不安を感じていたが、将来が見えていたらもっと不安だっただろう。そのあと自殺未遂と無職と生活保護の将来が待っているのだから。そんなどん底をくぐり抜け、生き続けている私はなかなかしぶとい。

職場に来て1年以上が経っていた。漫画と並行して他の業務も職場でどんどん任されるようになり、結構忙しい。相変わらず自分の机はないし、お金が続かないので、コンビニでお弁当を買うのをやめて、手作りのお弁当を持参するようになった。漫画の完成はまだ先になりそうだ。

未来が見えるようで見えない毎日を過ごし、月日が流れるのは早く、気付けばまた年末になっていた。去年は誘われなかった忘年会に今年は誘ってもらえた。私は事務所の人たちとお酒を飲んで、楽しく過ごした。

第5章

普通に働き、普通に生きる

お正月が明けて仕事始めの日、職場の偉い人から声をかけられた。

「うちの職場で、非常勤雇用で働いてみない？」

私は非常勤雇用という言葉の意味がわからなかった。尋ねてみたらパートのようなものだそうだ。時給で働いた分だけお金が貰える。

私は目を丸くして驚いた。漫画はまだ作り途中である。しかし、私が日々こつこつ働いていたことが評価されたのだ。もちろん二つ返事でこの話を受けた。

自宅に帰ると、真っ先に母に電話をした。いつもは母に対して冷たく当たり、連絡をするのも嫌だったが、このことは一刻も早く伝えたかった。

いままでは母から届いた「エリコちゃん、元気にしてる？」というメールすら煩わしく感じて、ただ「元気だよ」とだけ返していた。そのあと、母が心配して連絡もせずに、私のアパートに野菜やお米を持ってきたことがあったが、「生活保護を受けているときに家族からものをもらっていることがばれたらどうするんだ」と母に怒鳴った。それ以来、母との連絡を絶ってしまった。

思えば、母に伝えることのできた良い知らせは20歳のときに編集プロダクションに入社できたという知らせが最後だ。母はやっと就職できた私のためにポケモンのピカチュウのハンカチを贈ってくれた。当時、私が大人でありながらポケモンのアニメを見ていたからだと思う。それにしても、成人した娘への就職祝いがポケモンのハンカチとは。もうちょっと立派なものにするべきだったのではないかといまは思う。

ポケモンのハンカチの思い出を最後にして、母が良い知らせを受けることはなくなり、届くのは私が自殺未遂をして病院に運ばれたという知らせばかりになった。

非常勤で雇ってもらえたことを話すと、母は驚きながらも喜んでくれた。職場の人の話や、仕事の内容、通勤のときはどうしているのかなど、母とあれこれ話した。お互いに話したいことが湧いてきて止まらなかった。

ふと、祖母のことを尋ねた。母方の祖母は田舎のグループホームで暮らしているのだ。母はちょっと間を置いて、入院していると言った。祖母には随分良くしてもらったので、会いたいと思ったが、かなり遠方のため交通費を捻出するのが大変なので、会えるわけもなく、自分が不自由な存在であることを改めて感じた。

電話を切ってから、母と2時間も話していたことに気がつく。喉が渇いていたのでコップに水を注ぎ、ゴクゴク飲んだ。

「人と話をするとエネルギーが湧いてくるんだな」

そんなことを思った。

私は自分の境遇をずっと母のせいにしていた。自分が不幸になればなるほど、怒りの矛先は母に向いた。

何歳のときの、いつ、いつ、なぜあのようにしてくれなかったのか、あのときも、あのときも、あのときも。親の手を借りなければ生きることができなかった子供時代、私は自分が望む道に進めず、やりたいことができなかった。

自分が進みたい道に進んでいれば、目指したことを許してもらえれば、いまの人生は違ったものだったはずだと思っていた。だから、人生がうまくいかないことを母のせいにした。

けれど、不幸に不幸を重ねて母を恨んでも、私の心も人生も実りのあるものにはならなかった。長い間、母に対して鬱屈とした気持ちを持っていたが、私の心の中のしこりがほろりと溶けていくようだった。

本当は良い知らせを伝えたかったんだ。

母を困らせたり、憎んだりしたくなかった。

私が母に対して素直になるには、私の人生が良くなることが必要だったんだ。人生を良くしようとする努力をするまで、そんな簡単なことに私はずっと気がつけなかった。

気が緩んだからか、お腹がぐうとなった。台所に向かって昨日作ったカレーを温め、冷凍庫からご飯を取り出してレンジにかけた。温まったご飯にカレーをかけてスプーンで口に運ぶ。口をもぐもぐさせながら、実家では簡単なカレーですら母に作ってもらっていたのを思い出した。本当はもう自分の足で立てるはずなのに、いつの間にか自分の足で立つのをやめてしまって、気がつけば立ち方すら忘れていたのかもしれない。でもいまはちゃんと自分で立っている。

食べ終わると、すぐに洗い物をした。

「早く、市役所に収入ができることを伝えなきゃな」

綺麗になっていく皿を眺めながら、これからのことを考えていた。

次の日、ボランティアから帰ってきたあと、市役所に電話をして、パーマさんに就労の件を伝えた。

「ボランティアに行っているところに、パートとして雇ってもらえることになりました。収入ができるんですけど、どうしたらいいでしょうか」

収入ができても、毎月生活ができるほどは稼げない。すぐに生活保護が打ち切られてしまっては困る。

「あー、そうですか。収入ができたら月に1回、収入の額を書類に書いて提出してください」

「収入ができても、生活保護は打ち切りにならないんですか？」

「すぐに打ち切りにはならないです。一定の収入がしばらく続いてからどうなるか決まります」

ちょっとホッとした。生活保護を貰わなくても暮らしが成り立つくらいの収入が続けば、そのとき晴れて生活保護が切れるということなのだろう。それにしても、自力で仕事にありつけた私に対して、パーマさんは「おめでとう」の言葉くらいかけてくれてもいいのではないか。

何はともあれ、ほんの少しだけれど前進した。私は自分の力で職を得ることができたのだ。生活保護が打ち切りになるまで絶対に働き続けるんだと、自分を鼓舞した。

生活保護を受けたことで、私は絶望の淵に追い込まれた。しかしあのとき、生活保護を受けなければ私はどうなっていただろう。生活保護は世間で言われるほど悪いものなのだろうか。少なくとも私は生活保護に助けられたのである。

この制度があるおかげで、この国で生活する私たちは誰でも、一定の安定した生活が保障されているということだ。生活保護を受けられる基準にあるということはまともな生活が送れなくなっているということでもあり、生活を立て直す意味でも受けたほうがいい。安心した暮らしを送ることのできるお金が定期的に支給されることはとても大きな心の支えになる。

東京都で私が受けた生活保護費は12万円くらいだ。20歳の頃、編集プロダクションに勤めていた私は月給が12万円だった。社会保険に入って天引きされていたわけでもないし、正社員なので働いている時間もフルタイムだった。それどころか、残業も休日出勤もしていたが、残業代は1円も出なかった。残業代の代わりに平日に夜の9時過ぎまで残業をしたら1000円までコンビニで何か買ってもいいということになっていた。あの頃は1000円欲しさに残業していたが、それが経営者の思う壺だったのかもしれない。私は心を病んで精神科に通院していた。医療費が高いのが辛かった。夜もあまり眠れなくて、朝仕事に起きるのが精一杯で、休みの日はずっと寝ていた。

あの頃の私に「生活保護を受けてほしい」と伝えたい。あのとき、誰かに生活保護の存在を教えてもらっていたら、私は自殺行為をしなかったかもしれない。自分で稼いで生活していたけれど、暮らしはめちゃくちゃだった。それを思えば、生活保護を受けているいまのほうがまだ健康だと言える。

生活保護法の条文はとても立派だ。

「すべて国民は、この法律の定める要件を満たす限り、この法律による保護を、無差別平等に受けることができる」

この国では、誰もが「最低限度の生活を保障され、健康で文化的な生活水準を維持することができる」のだ。貧困により、自殺したり、精神を病んだり、犯罪に走るくらいなら、早く生活保護を受けてほしい。誰だって受けることが許されているのだから。

生活保護費をパチンコなどのギャンブルにつぎ込んでしまう人もいる。そこで、お金ではなく食料を現物支給すればいいのではないかという意見がある。

しかし考えてみてほしい。平日の昼間にパチンコ屋に行く人は、どんな人なのか。私の考えでは、他に行くあてがないからパチンコ屋に行ってしまうのではないかと思う。もちろん単にパチンコが好きだから行く人もいるだろうけれど、パチンコ屋は行き場のない人が行き着くたまり場でもある。生活保護を現物支給にしてしまえば、パチンコには行けなくなるとは思うが、しかし根本的な解決にはならない。孤独や居場所の確保といった問題を解決しなければ、自ら命を絶ったり、誰かの命を奪ったりすることになるかもしれない。

それに、お金に触れる機会を失えば、お金を使う技術が失われていく。スーパーでどの商品がいくらで、何を買えば1か月生活できるのかといった知識や思考が失われてしまったら、もう一度社会復帰をしたときに、きちんと考えて買い物をすることができないだろう。私たちが外国で見知らぬ通貨や商品を前に戸惑うように、社会の中で迷子になってしまうに違いない。

生活保護を受けていることは明かさずに、ブログを書いていたことがある。あるとき、障害や問題を抱えた人同士による自助グループで知り合った男性がコメント欄に書き込みをした。私が買った本の感想に対して「生活保護を受けているのに、買い物三昧で楽しそうですね」という内容だった。

生活保護を受けていることはごく少数の親しい友人には明かしていたけれど、ネットを見ている不特定多数には知られたくない。べてるの家のワーカーに泣きながら電話をした。ワーカーは、コメントに対してお礼を言ってから、生活保護について書かれているコメントを消すのはどうかと提案してくれた。私はその助言に従ったが、自助グループという身近なコミュニティの中で、同じ病気に悩む人がそんな風に考えていたことが悲しかった。

「働かずにお金をもらえていい」なんて言われてしまうこともあるけれど、生活保護を受けながらの暮らしは決して楽ではない。外食はせず、コンビニも使わず、安い食材を使い、考えながら料理を作らないと食費はもたない。ペットボトル1本買うのもためらう。お金がないときは3玉100円の焼きそばの麺にキャベツだけを入れて食べた。

お金がないと、外で人と会うことも躊躇する。気軽にランチやお茶ができないというのもあるが、女性の場合、困るのは化粧品だ。いくら安い化粧水でも1000円くらいはするし、ファンデーションや化粧下地など、なくなって買い換えるときがきつい。化粧は個人の自由かもしれないが、この社会では仕事中に化粧をしていないと非常識だと言われてしまう。

貯金をする余裕もないので、よく考えてお金を使わないと生活が回らなくなる。だからと言って電化製品が壊れたらなんとかしなければならない。冷蔵庫や洗濯機は滅多に壊れないかもしれないが、それでも年月が経てば壊れる。

ちょっとした娯楽として、本を買ったり、映画を見ることも不可能ではないが、真面目に生活をしていないと難しい。医療費や保険料を払わないとはいえ、月12万円しかないのだ。12万円が大きな金額に思えるとしたら、その人の生活は困窮しているはずだ。

ワーキングプアの人は生活保護を責めるのではなく、自分の労働環境がおかしいと訴えるべきだろう。自分がワーキングプアであることと、生活保護受給者が自分よりいい暮らしをしていることは無関係なのだから。生活保護が羨ましいのなら、役所に行って受給したいと言えばいい。生活保護をバッシングする人は、窓口に足を運び、生活保護受給者たちの顔を自分の目で見てほしい。生活保護を受けるということがどれだけ大変で辛いことかわかるはずだ。

自分の労働環境がおかしいと思ったら誰かに相談するべきだ。友達に相談するのもいいし、公的な窓口だってある。ハローワークだって話を聞いてくれるだろうし、ネットで検索すればたくさん出てくる。人を頼ることは恥ずかしいことではない。相談されることで、そういった機関は人々のニーズを知ることができるのだ。

社会も労働者にもっと優しい環境を作らなければならない。残業させることは恥ずかしいくらいに思わないといけない。職場の空気が悪ければ、働いている人みんなが不快だろう。ギスギスした雰囲気の職場には誰だって居たくない。

人が一人倒れるということは社会にとって大きな損失である。倒れたら復帰するのが大変なのだ。命だって落としかねない。

本を読んで知ったことだが、厚生労働省が公開している『生活保護受給者の自殺者数について』という統計があり、これによると、生活保護世帯の自殺率は日本全体での自殺率の2倍以上高いのだという。これは、最低限度の暮らしを送るお金があるだけでは、人は心安らかに生きられないということを意味している。

実際、私も生活保護の受給中に自殺未遂をした。毎日、起きて仕事に行く、やることがあるということは人間にとって大切なことなのだろう。無職だった頃は、どこにも行き場がなく、仕事は何をしているのかと聞かれても答えられない。私はこの世界のどこにも所属していないことがひしひしと感じられた。

人はただ漠然と生きることを苦痛に感じる。仕事があることで人は孤立しないで済む。職場に行けばいつもの仕事仲間がいて、挨拶をする。ただそれだけだけれど、今日も元気に生きているということを皆に伝えることができる。一人で家にいたときは誰も私のことを知らないし、誰も私と挨拶をしない。挨拶をする相手は月に一度来るワーカーさんだけなのだ。

現状、生活保護を受けてからの人的支援が足りていないので、頼りになる人が周囲にいないと大変だと思う。私は、生活保護に必要な書類をもらいに行ったときに、職員がこちらのほうを見もしないで書類をポイっと放り投げたのを目の当たりにして、彼らに頼ったり、何かを要求したりすることを諦めてしまった。

生活保護を受けている人々はひどい挫折を経験したとか、なんらかの事情があるのだ。また、重度の障害を持った人は働くことが困難だし、生まれたときから働けない身体の人もいる。そういった人たちに対して「働け」と責めるべきではない。これらの可能性を考えずに、自分を基準にして他人を測ることは酷だ。老人、病人、外国人、障害者をはじめ、生活保護を受ける人というのは、言うなれば弱者である。生活保護を批判する人は自分が弱者の側に陥る可能性があるということを想像できないのだろうか。

国民が税金や保険料を納めているのは「いざというとき」のためだ。1秒後に交通事故で働けない身体になるかもしれない。過労がたたって精神的に病んでしまうということもある。勤めている会社が倒産したり、リストラに遭うことだって考えられる。いま働くことができている人が「こちら側」になる可能性はいくらでもあるのだ。

そうでなくとも、人は必ず年老いて、いつか弱者になる。働くことのできない人々が生活保護や福祉サービスを受けることを責めるような世の中は、想像力の貧しい社会なのだ。

障害や病気と向き合いながら働きたいと思っていても、働く場所がないという問題もある。通院の時間を確保してくれるとか、働く日数や時間を考慮してくれるとか、そういった制度が整備されていれば、働ける人はもっと増える。障害を持った人に歩調を合わせられる職場は健常者にも優しい職場だ。身近に障害者がいることによって、健常者も障害者に対しての考えが変わってくるだろう。

身体の健康な人でも自ら命を絶ち、自殺大国と呼ばれるこの日本に必要なものは、生きる力の弱い弱者の視点だ。弱者が生きやすい社会こそ、すべての人が生きやすい社会なのだ。


1月25日、私は約10年ぶりにお給料をもらった。

小さな給料袋には私の名前が書かれていた。ああ、そうだ、お給料袋って小さいんだよな。昔、仕事をしていたときにもらった給料袋を思い出した。小さな茶色の袋から給料明細を取り出す。会社の名前と私の名前が書かれている。そして、私の働いた時間、時給、通勤手当が書かれている。その他にもいろんな項目があるが私にはよくわからない。1月の8日から15日までの働いた時間が記されていた。最後に、働いた分のお給料の金額が書いてあった。

帰り道、銀行に寄り、早速記帳した。お給料はきちんと振り込まれていた。当たり前のことだけれど、泣きたくなるくらい感動した。この私が、ふたたびお給料をもらうことができるようになるなんて、誰も想像していなかった。

家路を急ぐ途中、スーパーに立ち寄る。奮発してビールを買った。夕方になって割引されているお刺身を買った。鶏のもも肉と唐揚げ粉を買う。家について、ビールを開けて喉に流し込むと、喉がグビグビと音を立てる。切った鶏もも肉を唐揚げ粉でもみこみ、油で揚げる。揚げたての唐揚げを口に運び、またビールを一口。そして、マグロの刺身も口にほおばる。一人きりのアパートで一人きりの復職祝い。他人から見たら、滑稽かもしれないけど、私はとても幸せだった。

給料袋を渡すとき、私の上司はこう言った。

「働けたのにいままでもったいなかったね」

私は泣きそうになった。

そうだ、私は働けたんだ。

休息を勧めた精神病院も生活保護課も私には休養が必要だと考えてくれたのだろう。しかし、将来がどうなるかわからないままじっとしていると焦りと不安が増していくうえに、社会復帰が遠くなる。あくまで私の場合ではあるが、長すぎる休養は心の健康を害するのかもしれない。

しかし、いまは決まった時間に起きて、電車に乗る。行くところがあるということはなんて素晴らしいことだろう。

仕事とはこの社会全体を人々がうまく回していくことだと思う。自分がホチキス留めした資料もこの社会を回すための役に立っているのだ。その証拠に、対価としてお金が発生する。自分がこの社会で必要とされているという実感は、私に自尊心を取り戻した。


久しぶりに友達にメールした。

「今度、お昼ご飯でも一緒に食べない？」

たったそれだけのメールだけれど、私にとっては大きな意義がある。その友達とは実家にいた頃にインターネットで知り合って、ときどき家に遊びに行った。マニアックな趣味の話ができる子だった。私はその子に会えると思うと元気が出てきた。早速、「もちろん、いいよ！」と返事が届いた。


普通に働いて、普通に生きたかった。その「普通」が、いかに手に入れるのが困難なものかを知った。宝石も高価な服も要らない。ただ、その日その日をつつましく生きたいと願っていた。そのつつましく生きるという願いは、この世で最も高価な願いだった。その願いが叶う、あと一歩のところまで来たのだ。

ディズニーランドに行くのもデイケアのプログラムでなくていいし、一緒に行く相手もデイケアのメンバーでなくていい。私は私の好きな人と、好きなときに、好きなところに行く。そんな生活をつかみたい。

第6章　ケースワーカーに談判、そして

生活保護を受けながら働く場合、収入があることを役所に伝えなければならない。生活保護費にパートの給料を加えると普通に働いている人より裕福になってしまうからだ。収入ができたことをパーマさんに改めて伝えると、

「生活保護費の変更について説明するから役所に来てもらえる？　なるべく早くね」

と、いつも通りぶっきらぼうに言われた。仕事を休み、朝早く起きて、バッグに給料明細を入れた。自転車にまたがると新緑が目に入った。涼しい風を頬に受けて自転車をこぎ、市役所に向かう。前に面談したときと同じ個室で説明を聞く。

どうやら、生活保護を受けながら働くと、使えるお金の額が多少増えるらしい。しかし何度説明を聞いても理解ができない。心が弱っているときは頭の回転が鈍くなる。頭はボンヤリしているし、眠りも常に浅いので、身体もだるい。薬の副作用もあるので、なおさらである。そもそも、全体的なエネルギー量が低下した状態なのだ。うつの状態で複雑な制度を理解するのは困難だ。

それに、この制度は健康な人でもわかりにくいと思う。私には6万円弱の収入がある。生活保護費は約12万円だ。収入ができると、そのぶん支給される生活保護費が減るはずなのだが、どうやら基礎控除のような形で、上限にプラスして使えるお金が増えるというのだ。収入が6万円弱の場合、その額は1万円ほどになるようだが、計算式もや

やこしい。制度のことはしっかり覚えなければいけないと思い、3回くらい聞き直したがさっぱりわからなかった。覚えるまで確認したかったが、あきらかにパーマさんがめんどくさがっているのがわかったのでやめた。

「こんな簡単なこともわからないのか」

という態度がありありと見えるのである。こちらからしてみれば生活保護を受ける人生など想定しておらず、学校で生活保護について教えてもらったことも、福祉制度について教えてもらったこともない。わかるわけがないのだ。

そして、私を一層苦しめたのは、

「精神の人は働けないから」

という言葉だった。「精神」とは精神障害者のことである。

「精神障害者はどうせ働けない。生活保護をもらっておけばいいので、制度のことは理解しなくていい」

そう言っているように私には思えた。実際、精神障害者は働くことが難しい。なぜなら、働き口がない。身体障害、知的障害、精神障害のなかで就労率がいちばん低いのは精神障害だ。

身体障害者は会社内のインフラを整備すれば働ける。知的障害者は単純作業など、その人に合った仕事なら安定して働ける。職場の人も「どのようなことができないか」が想像しやすいためサポートしやすいのだろう。

しかし、精神障害はどうだろう。大規模な殺人事件が起これば本人の精神科の通院歴などがニュースで取り上げられ、「精神障害者は怖い」というイメージが先行する。それに、どのようなことができないのか、ハンデになっているのかが想像しにくい。実際、精神障害者は突然休みがちになったりして、雇う側としても不安がつきまとうそうだ。安定性のない障害なので、周囲のサポートが受けにくいのだろう。

精神科にはじめて通い始めた高校生の頃、精神病に興味を持ち始めた。精神分析や精神科医の本を読み始め、精神障害者に対する差別に関しても興味を持った。まだこの頃は精神障害者になっていなかったが、自分に近い存在だと感じていた。

いまから50年ほど昔、ライシャワー事件という、精神分裂症（現在の統合失調症）の男性が幻聴に支配されて、アメリカからの来賓の太ももをナイフで刺してしまった事件があった。その事件以来、マスコミは精神病者を危ないから排除しようと声高に叫び始めた。国は精神病院をたくさん作り、どんどん入院させたので、精神病の患者は社会から追いやられた。結果的に患者は長い間入院生活を余儀なくされ、一生を精神病院のなかで終える人も少なくない。家に帰りたくても、帰ったら近所の目があるからと家族が引き取りたがらないという現実もある。

やがて、残虐な事件が起こると犯人を精神鑑定するようになった。「精神病の人間は怖い、危ない」という思想は日本中に蔓延していった。そのことによって、精神病の患者は病気を隠さなければいけなくなった。家族も肩身が狭くなる。病気により一度社会と断絶すると二度と社会に戻れない。戻ろうとしても戻るのが難しい。

2001年の池田小学校での児童殺傷事件の記憶はいまも残っている。この頃、私は無職になり家にいたのでよく覚えているが、テレビでは犯人が精神科に通院していたことが毎日のように取り沙汰され、「精神科に通院している人間は危ない」という論調だった。精神科に通院していた私はいたたまれなかった。母とテレビを見ていたが、茶碗と箸を置いて、自分の部屋に閉じこもった。私も母も悪いことをしていないのに、責められている気がした。「気がした」と書いたが、これは間違いだ。実際に「責められていた」のだ。毎日の事件報道には「精神障害者」という言葉が出てくる。私と同じ病気かもしれない人間が犯罪を起こし、日本中を騒がせている。そして、国民は犯人を責めながら、その後ろにいる精神障害者を排斥しようと躍起になっていた。私は心が折れそうだった。眠れない夜も増えていき、布団をかぶって丸くなり、自分を恥じた。

がん患者が殺人を犯しても病名はニュースにならない。報道するということは、マスコミが差別しても良いと大々的に報じているのと同じだ。差別されたものは、健常者の社会に受け入れてもらうことが難しい。

私も自殺未遂をして精神病院に入院してからは社会との接点がなくなってしまった。就職はおろか、アルバイトも受からなくなった。面接では最初の職を辞めてからいままで何をしていたかを聞かれる。私はすべて正直に答えた。

「病気の治療をしていて」

「何の病気ですか」

「うつ病です」

「うつ病って何科に行くんですか」

病気に理解があるのだろうかと思い、私は丁寧に答えた。そのあとも薬は飲んでいるのかなど色々と聞かれ、受かったのかと思ったが、結局落ちた。

面接の際に、自分の空白の期間をなんと言えばいいのか。「家事手伝い」という言葉を覚えてからそれを使ったが、なんと言おうが無職であることには変わりない。私が就職活動をした頃は就職氷河期で、その後はリーマンショックが続き、日本は不景気のどん底になり、私のような何の取り柄もない者が職につくのは永久に不可能な気がした。

働けない精神障害者の烙印を押された私はいまこうしてパートの職を得たものの、長続きしないと思われていた。しかし、働けるかどうかは働いてみなければわからない。その機会がただ失われてきただけなのだ。

私は順調に働き続け、市役所に給料明細と収入を申告する書類を郵送で毎月提出していた。生活保護が切れるのを心待ちにしていたのだが、なかなか生活保護が切れない。疑問に思った私は、職場で仲良くなった女性に聞いてみた。

「生活保護っていくらくらいの収入がどれだけ続けば切れるんですかね」

「ネットに書いてないかな」

さっそく厚生労働省のホームページを検索してみる。生活保護に関するページを開くと、生活保護の受け方は書いてあるが、切り方は載っていない。二人して驚いてしまった。大事なことなのだから、きちんと説明をするべきなのではないだろうか。

私は市役所に電話して、パーマさんを出してもらった。以前、パーマさんが「生活保護を切る」と怒鳴ったことがあったので、私は何かあったときのためにＩＣレコーダーで会話を録音することにした。

「すみません、ずっと給与収入の申告書を送っているんですけど、生活保護っていつ切れるんでしょう。今月分はこれから送ります」

「ああ、今月分は提出しなくていいよ。もう出してあるから」

「え？　どういうことですか」

「こっちで書類を書いて、判子を押して出しておいたから。職場に小林って人がいるから、その人の判子を借りたから」

「えっ……、どうしてそんなことをするんですか」

「だって小林さん、働けないでしょ。ずっと精神障害者で、生活保護で仕事なんてしてこなかったのに、これからも働き続けるなんて無理無理」

私は軽くパニックになった。怒りが湧き上がるよりも前に、悲しみと絶望が押し寄せてきて、目の前が真っ暗になった。私は電話を切った。私のあずかり知らぬところでパーマさんがどんな行動を取っていたかはわからない。だが、私の給料明細を見ていないのだから、収入額を生活保護が切れない程度の額にして提出していたのかもしれない。いくらぐらいの収入があれば生活保護が切れるかという基準をパーマさんは知っていたはずだ。

べてるの家のワーカーにも相談すると、「生活保護が切れたら生活ができなくなるから心配しているんだよ」と言ってくれた。だが、私は生活保護を早く切りたいのだ。たしかに生活保護を受け、通常の生活を忘れた私が普通に生きていくのは困難かもしれない。しかし、私はもう嫌なのだ。指示をされるのも。勝手に書類を作成されるのも。通院のたびに恥ずかしい思いをするのも。私はもう一度誇りを取り戻したいのだ。働いてお金を稼いで生きていることを世にしらしめたいのだ。

誰かにこのことを相談したいが、誰に相談したらいいだろうか。市役所の障害支援課が思い当たったが、市役所で起こったことを市役所の人に相談するのは違う気がする。過去に「いのちの電話」に相談をしたこともあるが、いのちの電話は自殺したい人が助けてもらうためのもので、話は聞いてくれるけれど、実際に介入はしてくれそうにない。弁護士の友人に相談しようかと思ったが、一度助けてもらったばかりで、また助けてもらうのも悪い気がして連絡できなかった。あまり一人の人に頼りすぎると嫌われてしまう。私は寂しくて困っているときに、人に依存しすぎて縁を切られることを何回か経験している。

私は職場の同僚に相談することにした。同僚は私が生活保護を受けていることを知っているし、この職場の人たちは精神障害者の問題に詳しい。

さっそく尋ねてみると、「ここに相談してみたら」と障害者人権センターのチラシをくれた。私はお昼休みに電話をかけてみることにした。生活保護の収入の書類を勝手に作成されていること。他にも、訪問を受けないと生活保護を切ると言われたこと。相談員は真摯に話を聞いてくれた。

「そのようなことを言った証拠はありますか？」

「会話を録音したICレコーダーがあります」

「その音声を聞きたいので、今度会えますか？」

私は一旦電話を切って、職場の上司に相談した。すると、

「そういうことなら、事務所の会議室を使っていいから」

と、言ってくれた。私は頭を下げた。

数日後、障害者人権センターの職員がやってきた。面談には上司も同席してくれた。障害者人権センターの職員の前でICレコーダーに録音した会話を流す。障害者人権センターの職員は「判子を勝手に押している」の箇所よりも、「精神障害者は働けない」という言葉の箇所を何度もリピートした。

「このようなことは言ってはいけないですね。私のほうから市役所に伝えておきます」

障害者人権センターの職員にも、同席してくれた上司にも心から感謝の気持ちを伝えた。私にも味方はいるのだ。

それからは、普段通りに仕事に行き、淡々と生活をしながら、月に一度、収入額を証明する書類を市役所へ提出した。不安はあるが、打つべき手は打ったのだ。私は期待と

不安が混じった気持ちで毎日を過ごした。

ある日、家に帰って、ポストを開けると市役所からの手紙が来ていた。生活保護の通知はよく届いているので、あまり気に留めず封を開けた。そこにはわら半紙の書類が1枚入っており、ワープロの文字で、

「生活保護廃止決定」

と、書かれていた。ペラっとした安っぽい紙を私は舐めるように何度も見た。その下にも何か書かれているがあまり重要なことではなさそうだ。

「生活保護廃止決定」

たしかにそう書いてある。私は震えた。大声で自慢してやりたかった。通知書を書類ケースに入れておいたが、何度もひっぱり出してしまう。こんなに嬉しい通知をもらったのは短大の合格発表以来の気がする。髪の毛をベリーショートにして、鋭い目つきで、馬鹿みたいに本を読んでいた学生時代。私はあの頃、人生の意味についてずっと考えていた。人は何のために生きて、何をなすべきなのか、迷いをなくすにはどうしたらいいのか。あの頃、本を読んでいたのは無駄ではないが、経験しなければわからないことがある。

やったぞ！　私は自力で抜け出した！　さんざん働けないといった奴ら！　私は自分の食い扶持を稼げるんだぞ！　どうだ！

生活保護は長く、苦しかったが、ようやく終わった。私はほっと胸をなでおろした。こんなに簡単に廃止が決まるのか。私はやっと一歩抜け出した。真っ暗で長いトンネルの出口がやっと見えた。

市役所で生活保護の廃止を正式に行う日、私はきちんとした身なりをしていった。それまで、きれいな格好で市役所に行けなかった。汚い格好をして行かないと怒られるのではないかと不安だった。

私は化粧をして、ユニクロで買った紫色のきれいなリボンのついたシャツと黒いズボンを履いて自転車に乗った。胸を弾ませ、生活保護課に赴く。初めてここに来たときはどん底で絶望していたのだ。この場所にこんな気持ちで来ることができるなんて思わなかった。

パーマさんとパーマさんより偉いと思われる職員に頭を下げる。

「生活保護廃止が決定したので来ました。どうやって手続きするのか教えてください」

パーマさんより偉いと思われる職員が説明してくれた。

「年金課と国民健康保険課に行ってください。そこで生活保護が廃止になったといえばいいです」

「それだけでいいんですか」

「うん、それだけです」

私は何度もそれだけでいいのかと確認したのち、改めて、パーマさんともう一人の職員に対してこう言った。

「いままでお世話になりました。もう、二度とお世話にならないように頑張ります」

「困ったらいつでも来てください」

パーマさんより偉いと思われる職員がこう言うと、パーマさんもつられて「いつでも来なさい」と言った。けれど、私は心の中で「二度と来るものか」と思った。

そのまま年金課へ赴く。

「生活保護が廃止になったのですが」

そう口に出すのは恥ずかしくなかった。むしろ誇らしかった。

「じゃあ、この書類に記入してください」

渡された書類に必要事項を記入すると、手続きはあっという間に済んだ。次は国民健康保険課に向かう。隣の窓口では顔色の悪い20代ぐらいの男性が職員に訴えていた。

「病気で、お金がないので、生活保護を受けたいんです。受けさせてください」

この窓口に相談するのは間違っているのだが、窓口の職員は生活保護課に行くように伝えず、ただ「無理です」と断っていた。私は彼を横目に見ながら、自分も生活保護を受け始めたときはこうだったのだろうかと複雑な気持ちになった。

生活保護を受けられても、その先にもまた、地獄が広がっている。ただ、地獄といえども、休息はある。ゆっくり休んで地獄から抜け出せばいいんだ。顔色の悪い彼はかつての私だ。私は心の中で「頑張れ」とつぶやいた。

生活保護の辛さとは、プライバシーがないことであり、人とのつながりが断たれてしまうことである。実際、生活保護を受けているときは人とあまり会えなかった。いや、会いたくなかった。恥ずかしかった。たまに働いている友達に会うことがあると私は取り乱してしまうし、友達が離れて行くのを肌で感じた。だからこそ、「生活保護でもいいじゃん」と言ってくれる友達もいてくれたことはありがたかった。

「社会は相互扶助でできているのであって、何かあったときのためにみんな税金を納めているんです。私も働けなくなってお金がなくなったら遠慮しないで生活保護を受けるつもりです。だからエリコさんも気にしなくていいんです」

私は何度この言葉に救われただろう。その言葉がなかったらいっそう自分を責め続けていただろうし、自殺未遂の回数ももっと増えていたと思う。

生活保護を受けている私と、受ける前と変わらず接してくれた友達たちには感謝している。だから、友達が困ったときには、今度は私が助ける。だって、辛いときに友達でいてくれたから。たくさん優しくしてくれたから。

市役所を出ると青空がどこまでも続いていた。深呼吸して新鮮な空気を吸う。私はまだ死んでいないし、未来は開けている。行きたいところにも行けるだろう。旅行にだって自由にいくことができる。白い砂浜も夢じゃない。自転車のペダルを漕ぎながらそんなことを考えていた。

第7章

人生にイエスと叫べ!

ＮＰＯで働き始めて3年の月日が経っていた。私は事務の仕事と並行しながら漫画単行本の編集作業を続けていた。予定では1年でできあがる予定だったはずだが、まとまった原作を再度修正するうちに収拾がつかなくなっていたのだ。

編集長から「入学式や卒業式などは、子供の成長がわかるので入れてほしい」と言われた。そのほかにも子供の幼稚園時代の話が少ないわりに、小学生時代の話がわんさかあるので、バランスを取るために幼稚園時代の話を増やして、小学生時代をカットする。原作者はお願いした話を何パターンも送ってくるので、選ぶのに時間がかかる。そうしたやり取りを何度か繰り返し、ようやく満足のいく原作ができあがった。根気よくこちらの依頼に答えてくれて本当にありがたい。

ファイリングした原作を何度も読み返してから、リライトしてくれる漫画家の家に行く。暑い夏の日で、外に出るのはつらいものがあるが、メールだけでやり取りするのに不安を感じたのだ。

原作を一緒に読んで、「こんな感じのネームをお願いします」と伝える。原作を渡すついでに打ち合わせもしてしまおうという寸法である。

後日、漫画家からネームが送られてくる。ネームは「漫画の下書きの下書き」のようなものだが、作家によってその作り方はそれぞれ違う。彼女の場合はほぼ下書きと変わらない完成度のネームを送ってくれた。

そのネームを原作者へと送るのだが、いつも、いろんなところにダメ出しをしてくるのだ。もしかしたら、ダメ出しをするのが立派な仕事だと思っているのかもしれない。やる気がありすぎるのも問題だ。そのダメ出しが的確ならばいいのだけれど、そうとも言えないので困ってしまう。漫画家に「ダメでした」と伝えるのは心苦しい。

いまにして思えば、このときがいちばん辛かった。原作者は自分が描いためちゃくちゃな漫画を「きちんとした作品」として認識している。しかし客観的に見れば、まったくきちんとはしていない。きちんとしていないからこそリライトしているのだ。

作中に産婦人科のシーンがあるので、漫画家に病院の写真を送り「こういう雰囲気で描いてください」とお願いして描いてもらった。その下書きを確認してもらうために原作者へ再度送ると、

「産婦人科はこんなに堂々と建っていない。もっと奥まったところにあるんです。職場の近くにある産婦人科を見てきてください」

と、メールが来た。正直、こんな暑い中、産婦人科を見るためだけに外に出たくない。だいいち、原作者の絵がめちゃくちゃなのだ。それをこちらが噛み砕き、読みやすくしているのにもかかわらず、文句をつけられてはたまらない。私は別の病院の外観写

真を送り、漫画家に送った。描き直された産婦人科の絵は最初の絵とたいして変わらなかった。しかし、原作者に見てもらうと「これでいいです」と返信が届いた。原作者が何をもって満足するのかわからない。

この企画に携わっている編集者、原作者、漫画家が全員、メンタルヘルスに問題を抱えているというのが問題だ。原作者は自分の作品が初めて単行本になるのだから気合を入れているのかもしれないが、この病気になると、変に細かいところにこだわりだしてしまうし、気分にもムラが大きい。果たして、完成できるのだろうかと不安になってきた。編集長に事の顛末を説明し、両方の産婦人科の絵を見てもらうと、

「どこが変わったの？」

と、言われてしまった。しかし私にもどこが変わったかわからない。何日もかけて取り組んだが、得たものは、産婦人科は堂々と建っていないという情報だけであった。

私は未婚であり、当然ながら育児経験もないので、ネットの育児サイトを読んで育児について自分でできるかぎり学んだのだが、原作者は「育児雑誌を買って勉強してください」とメールで送ってくる。たしかにそうしたほうがいいけれど、職場で育児雑誌を読むのはなんだか気恥ずかしく、また育児雑誌に載っているすべての情報がこの漫画に活かせるとも思わない。できれば、育児を経験している原作者にお任せしたいというの

は編集者の傲慢だろうか。もちろん、疑問点が出てくれば調べるが、すべてを学ぶのは難しい。

原作のそこかしこに独身女性への不満がちりばめられているのも堪え難かった。「独身は楽でいい」といったことが書かれていると悲しい気持ちになる。もちろん、結婚生活が大変なのはわかるけれど、独身が楽だとも限らない。結局どっちもどっちで、結婚しているものは独身が羨ましく、独身の人は結婚している人が羨ましいのである。

私は原作者にメールを送る際は、季節の挨拶から始めて、そのあとで、「これでよろしいでしょうか、何か気になる点がありましたら遠慮なくおっしゃってください」と書き添えていた。すると原作者は事細かに「ここはこうしてください、ここはああしてください」といったメールを送ってくる。その内容を漫画家との打ち合わせで伝えると、ネームを直してくれるので、それをまた原作者に送る。私はこれまた丁寧に「これでどうでしょうか。ダメだったらおっしゃってください」という一文を添えて送る。するとまた「ここはやっぱりこうしてください」となる。私の凝り固まった丁寧さが仇になり、原作者は何回もやり直しをお願いしてくるようになってしまった。

そんなことをやっていたら作業はまったく進まなくなってしまった。長い時間をかけて原作者からＯＫをもらった下書きはクオリティが高いとも言えない。いっそ原作者と漫画家で話し合ってもらいたかったのだが、原作者は遠方に住んでおり、打ち合わせは難しい。それに漫画家は統合失調症で外に出ることもままならず、病気の状態もいいとは言えないので、注文の多い原作者と会わせるのは心配だった。編集の私が緩衝材として間に立つのが得策だと思った。

行き詰まりを感じていた私は、SNSを通じて出版業に携わっている人たちに相談した。ライター業の友人は、

「原作者の人にはいちいちお伺いをたてないで『確認お願いします』の一文だけにしたほうがいいよ。『直すところありませんか』って聞いてたらどんどん終わらなくなる。それくらいしないと完成しないよ」

と、アドバイスしてくれた。

「急ぎのものは編集者がネームを描くこともありますよ」

漫画家の友人はそう教えてくれた。他にもさまざまな助言をもらい、私は「原作を見て編集者の私がネームを描く」という方法をとることにした。編集長にもその旨を伝え、了承を得た。原作者には「確認よろしくお願いします」の一言を添えるだけにした。これがいちばん手っ取り早い。しかし、100ページを超える漫画のネームを描くのは編集の仕事ではなくなっている気がする。これでいいのかと悩むこともあるが、こ

こで足踏みしていたらこの漫画をいつ世に出せるかわからない。

事務所の机で難解な原作と向かい合う。意味がわかれば面白い原作なのだが、理解するのに時間がかかるのだ。原作者が関西出身のせいか、方言なんかも入ってくる。絵よりも文字が多く、読むのに時間がかかる。うつ病なのに、よくここまでの作品を作れるものだと敬服してしまう。「私の仕事はこの原作のクオリティを上げることだ」と自分に言い聞かせて、多すぎるセリフを切り捨てていく。漫画は必要最低限のセリフだけでいい。あとは絵が説明するのだ。私は原作を元にネームを描き、スキャンして、原作者に送った。この方法にしたらスムーズに事が進むようになった。OKが出たネームを漫画家に送り、作画に入ってもらう。

できあがった原稿は漫画家の家まで取りに行った。彼女は外から聞こえてくる声が幻聴になって聞こえるらしく、家の窓をすべて締め切っていた。家の中はクーラーが効いていて涼しいが、空気はこもっていた。本棚には私たちのNPOが出している雑誌が創刊号からすべて揃っていた。なんとなく嬉しい。

漫画家のお母さんが二人分の食事を作って持ってきてくれた。ふろふき大根の上にハンバーグがのっていて、「なんというか、細かい料理をするのだな」とぼんやり思った。

「幻聴には怒ったり怒鳴ったりしないで、仲良くなると、いい幻聴になるそうですよ」本で読んだ幻聴の対処法を話したりしてみる。「彼女は家を出て一人暮らしをしたくないのだろうか」とふいに疑問に思ったけれど、特に口にはしなかった。病気になるとしたくてもできないことが増えてくる。結婚も就職も一生できないのではないかと本人も不安になるし、周囲も不安になる。私たちは不安になる話はせずに、世間話をし続けた。

作画に使っている机を見せてもらう。商業誌で描いていた頃に使っていたライトパネルがあり、そこで下書きをトレースしているのだという。いまはほとんどの漫画家がデジタルで作業をしているが、彼女は手作業でスクリーントーンを貼っていた。

原稿をあげてくるスピードは遅かったけれど、だんだんと仕事が速くなり、最後のほうは私のネームが間に合わないくらいになっていた。月日は一瞬のように過ぎてゆき、いつの間にか原稿がすべて揃っていた。

単行本の頭に添える序文を書いた。

「うつになるとできないことが多くなる。１００点満点のママじゃなくていい、50点くらいで十分だ」

メンタルの病気を抱える人は完璧主義であることが多い。完璧にこなせない自分に落ち込み、うつになっていく。人間は完璧を求めてしまうけれども、ちょっとダメなくらいでいいのだ。肩の力が抜けるような本にしたかった。育児の合間に読んでクスッと笑ってほしいのだ。ダメな母親の姿を肯定することは読者の励みにもなるだろう。単行本のタイトルはそのままズバリ『うつまま日記。』だ。

カバーを飾るイラストを漫画家に依頼する。主人公の顔のアップ。子供を見守っている姿。家族が揃ってニコニコしている姿。何パターンも描いてもらったが、結局、いちばん漫画の内容を表しているということで、主人公の母親が布団に潜り、イライラしている夫と子供の姿が描かれているイラストを採用することにした。

デザイナーさんに仕上げてもらった装丁のラフが送られてきた。ピンクを基調とした可愛らしいデザインだ。しかし、いまいち迫力が足りないと感じたので、キャラクターの大きさを変えてもらい、位置なども細かく修正してもらう。帯には、

「(たぶん)世界初！　原作も、漫画も、編集担当者も、精神疾患をかかえる3人の女性！」

と、入れてもらった。精神疾患の患者が3人で作り上げた本を私は他に知らない。稀代の奇書であることは間違いないだろう。

「どうせ病気なんだから働けない」

私はパーマさんに言われた言葉を思い出していた。だが、そんなことはないのだ。病気の人間だってやればできるのだということを伝えたかった。

いよいよ印刷所への入稿の直前、本文に漫画のページがずっと並んで息苦しいので、途中にカットを挟もうと考え、漫画家にお願いして急遽、挿絵を描いてもらった。カットは物語を引き立てる素晴らしいものになった。最後に少しドタバタしたものの、遂に校了することができた。

それから数日後、本が刷り上がった。私は急いで包みを開けて、できあがったばかりの本を手に取った。私たちが作った単行本はツルツルした表紙で、キラキラしていた。

ああ、この感じはあのときと同じだ。編集プロダクションに入り、自分が編集した漫画雑誌を手に取ったあのとき。私は編集の仕事で人生をダメにしたけれど、また編集の仕事で復活することができた。人生は不思議だ。

同僚が「おめでとう！」とジュースをコップに注いでくれた。私は「ありがとうございます」とお礼を言って受け取って、乾杯した。

できあがった単行本を紹介してもらうため、あちこちのメディアに手紙を添えて送る。ポストに投函するとき、編集長は「取り上げてもらえますように」と目を閉じてお願いしていた。私も一緒にお願いした。結果として、新聞にはたくさん取り上げてもらえた。

取材も何度か受けた。原作者と漫画家は顔を出したくないというので、編集の私が代わりに新聞に載ったのだ。記者に好きなシーンを聞かれ、主人公の子供が父親から「自分の母親は病気なのだからあまり無理を言ってはいけない」と諭されているシーンを選んだ。小さなＮＰＯに大きな広告を出せるお金はないので、取材記事だけが頼りなのだ。新聞に載った日は事務所の電話が鳴り響き、注文がたくさん入った。

もちろん、何万部も売れるような本ではない。ＮＰＯとしては初めての漫画の単行本だったので、もっともっと売れると期待して多めに印刷していたみたいだが、そこは誤算だったようだ。

しかし、読者からの反響は大きく、ファンレターが次々と届いた。こんなにたくさんの人の心を打つ仕事をしたんだ。私は改めて、自分たちが成し遂げた仕事の大きさを実感した。嬉しい顔を人に見られるのが恥ずかしいので、表情を変えないように気を付けながら、ハガキに目を通す。「この漫画を作られた３人の方に感謝します」という一文を読んで、なんだかとっても心があったかくなった。

仕事をしたことで誰かから感謝されることはとても気持ちがいい。この社会に対して自分がやっと貢献することができたと思った。ずっと私は社会から与えてもらう側だったけれど、ようやく与える側になれた。私はこの社会に役割を与えられ、存在しているのだ。

アパートに戻り、ふと玄関のドアの横にある洗濯機に目を向けた。夜の12時過ぎに洗濯機を回す隣人に私は悩まされていたが、そのにっくき洗濯機を見ると、どこかおかしい。よく見ると、私の家のコンセントから電気を取っているのだ。

私の家から電気を盗んでいたとは！　すぐに洗濯機のプラグを抜いたのだが、ふと思い直し、元どおりにした。それから不動産屋に電話をすると、すぐに駆けつけてくれた。事の顛末を話して、不動産屋はコンセントに部屋番号を書きこんだ。私はこのアパートに住み続けるのはしんどいと思い始めていた。

生活保護を受けていた頃は、「このアパートで死ぬまで暮らすんだ」と絶望していたけれど、いまは違う。私は好きなところに住むことができるのだ。ちょっとずつ、引っ越しを考え始めた。

少し離れた駅の不動産屋で物件を探す。家賃は前のアパートよりも高くてもいいだろう。家賃が高いところなら、安全なところが多いと信じたい。いまのアパートを決めたときは母と一緒だった。けれど、今回は一人で選ぶことにした。私はそろそろ一人でものごとを決められるようにならないといけない。一人で内見して、一人で家具の配置を決めるのだ。私はやっと、大人になれた気がした。

何軒か内見して、気に入った物件に出会った。6畳のリビングと6畳の寝室。風呂とトイレは別々だし、洗濯機も室内に置ける。家賃は予算よりもちょっと高かったが、気に入ったので、内見に連れてきてくれた不動産屋に「ここにします」と告げた。とうとう、私は引っ越しをする。

まずは契約時に必要なお金を銀行で下ろす。私は無駄なものをあまり買わなかったので、お金はすぐに貯まるようになっていた。実家にいた頃は無駄遣いが多かったが、自分の力で生活をすることで、自分に対する甘えが少なくなっていた。

私は「お金の意味」を長い間忘れていたような気がする。お金は目に見える「自由」である。お金があることで私はこのアパートを出ることができるのだ。私はお金に感謝し、仕事に感謝し、もっともっと稼ぎたいと思った。

不動産屋に赴き、契約書にサインする。前に住んでいたところより緑が多く、閑散とした町だが、何もない感じが逆にいい。私は引っ越しの日取りを決めて、アパートに帰った。

何年も住んでいたアパートはいつのまにか細々としたものでいっぱいになっており、荷物を処分するために大忙しだった。本を手放すのはつらかったが、読みたくなったらまた買えばいい。私は世界中の古本屋を有料の図書館だと思うことにして、自分を納得させた。またいつでも買える。本を段ボールに詰めていく手はテキパキと動いた。

昔の友達からもらった手紙や古い写真も捨てることにした。思い出はまたこれから作ればいいのだ。大きなゴミ袋を両手に持つ。重いものを支える私の腕はたくましかった。腕に力が入るのを感じると、私は自分が「生きている」のを感じた。

子供の頃から「生きている感じ」が乏しくて、10代の頃はタバコの火を自分の手首に押し当てたりしていた。痛みを感じると、自分の肉体が血の通った命であると感じることができて、私は何度もタバコの火を押し当てていた。押し当てたあとにできる水ぶくれも自分が生きている証だと思うと、なぜか誇らしかった。友達には理解してもらえず、責められたのが悲しかった。だが、いまの私は自分を傷つけずとも、生きている感覚を味わうことができる。

5月のゴールデンウィークに私は引っ越しをした。空っぽになった部屋に鍵をかけるとき、私はなんだかほっとしていた。

新しい家で段ボールに囲まれて、知らない天井を眺める。この日は緊張してなかなか寝付けなかったが、12時を過ぎた頃には意識を失い、眠りについた。

新しい経路で出勤する。いつもと同じ職場で、いつもと同じ仕事。お昼休み、お弁当をつつきながら、「私が欲しかったものはこれだったのだ」と、とりとめもなく思った。

電話が鳴ったので受話器を取ると、カード会社からだった。そういえば、この間クレジットカードの申請をしていたのだった。カードを申請すると職場に連絡が来るとは知らなかった。いくつか質問されたことに答えたらすぐに通話は切れた。しばらくすると、クレジットカードが郵送で送られてきた。私はしばらくそのカードを眺めていた。普通の人間としての審査に通ったような気がしたのだ。

またクレジットカードを持てないような日々が来るのかもしれない。そうしたらもう一度、持てるように頑張ればいい。人生が終わるわけじゃない。私はそれを知っている。立派に生きていたのだから、恥ずかしく思う必要はない。私は真っ暗な自分の過去に合格点を出した。

新居に移って早々、パソコンが壊れた。起動がずいぶん遅くなっていたし、何度もフリーズしては再起動をかけていたので、覚悟はしていた。私は手にしたばかりのクレジットカードを持って秋葉原に向かった。目指すは家電量販店のパソコン売り場だ。

悩んだ結果、小さな薄型のノートパソコンを買うことに決めた。レジで「クレジットでお願いします」と伝えてカードを差し出す。私は信用をもとに物を買うことまでできるようになったのだ。何かが胸の奥にこみ上げてくるのを感じた。クラクラする頭のまま、帰りの電車に乗り込んだ。空いている席に座ると、小型といえどもずっしりとした重みのあるパソコンを胸元で抱きしめた。

私はうつむきながら、自分に感動していた。どんな映画よりも、どんな本よりも、どんな音楽よりも、私の人生は美しく、感動的じゃないか。病気になったことも、死にかけたことも、人から見放されたことも、すべて大切なことなのだ。もしかしたら、いまが泣くときなのかもしれない。悲しいときでもなく、死にたいときでもなく、寂しいときでもなく、ようやくたどりついたゴールで泣くべきだ。私はようやく自分の人生にイエスと言うことができた。

だけどまだ、人生の途中だ。これから先も失敗したり、絶望したりするかもしれない。けれど、それはすべて必要なことなのだ。私はこのままでいいのだと思った。ポイント10倍で買ったパソコンを抱え、新しい家へと向かって走る電車の中でそっと目を閉じた。

おわりに

長い間、心残りになっていたことがある。手取り12万円で働いていたあの頃、お金がなくて苦しくて、コンソメを万引きしてしまったことだ。

絶望の真っただ中で自分を見失っていたとしても、世の中には破ってはいけないルールがある。犯した罪について書くのは怖くもあり、迷いもあった。それでも、自分と向き合ううえで避けては通れない過去だった。この件も含めて「再生」したかった私は、お店に謝罪することを決めた。

ウェブサイトのメールフォームにお詫びと返金の意思を書き込み、送信ボタンを押す。警察に連絡がいくのだろうか。さまざまな想いが胸をよぎり、心臓はどくどくと脈打ち、いても立ってもいられなくなる。

しばらくすると、返信が届いた。

「昔のことで事実確認が難しいのもあり、お言葉だけ拝承いたします」

返金させてもらえないことを残念に思ったが、謝罪は受け取ってもらえた。不完全ではあるものの一応の決着がつき、私は今後よりよく生きていくことを改めて決意した。

周りの友人たちは結婚して子供を育てている。ああ、もうそんな年齢なんだとハッとさせられる。自分の病気にかかずらうあいだに、私は歳をとってしまった。

友達の子供によく遊んでもらっているが、親の知り合いの相手なんてつまらないだろうに、私のそばでケタケタ笑い、手を引っ張ってくる。よく懐いてくれて、本当に可愛い。まだ世の中の苦しみを知らない無垢な瞳。この子たちにどんな将来がこれから待ち構えているのだろう。

日本は貧しくなり、どんよりとした不安が国中を覆っている。営利を優先させるばかりでは、誰もが安心できる社会は訪れない。私にできることは、自分の体験を書き記し、それを読んで追体験してもらうことで、「生きやすい社会」について考える機会を提供することだと思う。

この本では触れられなかったことだが、私にはミニコミ誌『精神病新聞』を作るという、長年続けているライフワークがある。本書はその特別号として、同人誌即売会の「文学フリマ」で頒布した『生活保護を受けている精神障害者が働くまで（仮）』を加筆修正したものだ。

漫画を描いたりもしている。巻末の「女編集者残酷物語」はエロ漫画雑誌の編集者として働いていた20代の頃を描いたものだ。もともと趣味で発表していた作品だが、本文で当時の出来事についてあまり伝えられなかったのもあり、収録する運びとなった。最近は漫画を描く仕事も舞い込み、人生がまた一歩、良い方向に進みつつある。ここまで生き抜いてきた私自身に、「おめでとう」と「ありがとう」の言葉を贈りたい。

この原稿を本にしたいと声をかけてくださった方便凌さん、どこか懐かしい風景を描いてくださった嘉江さん、深みのある装丁を手がけてくださった惣田紗希さん、本当にありがとうございました。

こんな私に長年付き合ってくれた友人、家族、職場の方々、そしてこの本を手に取って読んでくださった皆様に、心から感謝いたします。

このお話は
一九九〇年代後半の
まだ漫画がアナログ原稿だった頃の
エロ漫画編集者の話です
うちが出してるのは
こういう漫画です
えっ？
マンガ雑誌
編集業務
給与〜円
エロ漫画なの？

好きなエロ漫画家は誰？
読んでるの前提!?
山本直樹と町野変丸です
いーねー
それしか知らない・・・
漫画好きだから受けてみたけどエロ専門のところとは知らなかった
どうせ落ちるだろうな・・・事務職の会社の面接もあるからそっちに期待しよう
氏名
）を埋めよ
）を
何度も（

ここもダメ
大卒以上
ここもダメ
株式会社丸
大卒以上
うーん
短大卒だと受けれる会社が限られるな
求人
就職浪人のち
サクラチル
実家でニート
大見栄切って東京に来たからには職に就かなければ!
貯金などない!
求人

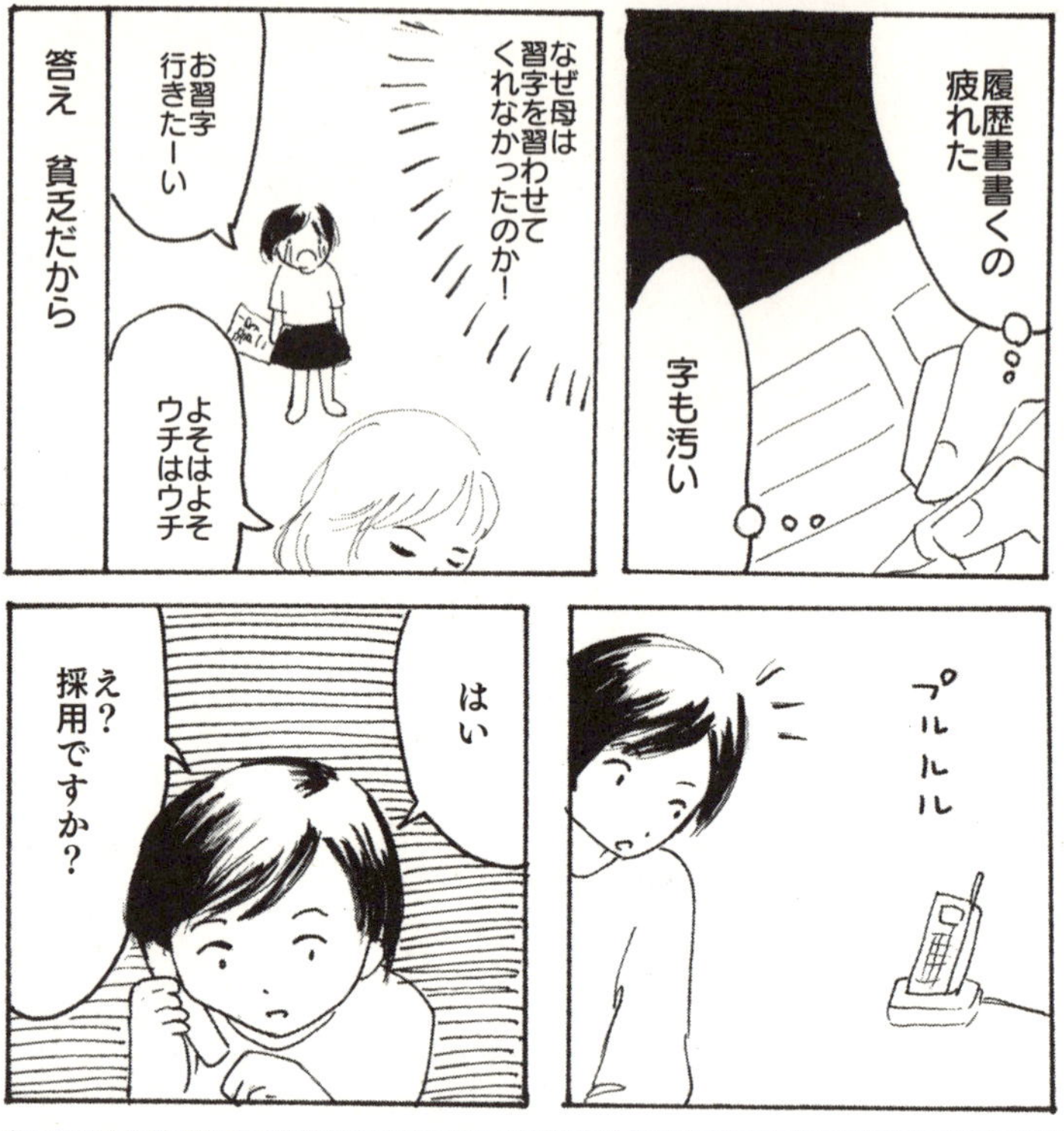
履歴書書くの疲れた
字も汚い
なぜ母は習字を習わせてくれなかったのか!
お習字行きたーい
よそはよそウチはウチ
答え　貧乏だから
プルルル
はい
え?採用ですか?
ありがとうございます!
ぺこ
ぺこ
はい!来週には!
こうしてエロ漫画の編集の仕事が決まった

今日から働くことになった小林さんです
よろしくお願いします
小林さんの机がここ
人生で初めての仕事机！
じゃ～ん
ん？
電話におっぱいのシールが貼ってある

アンケートの集計
やってもらえる？
アンケート・・・
どの漫画が人気があるか集計するの
みんなちゃんと書いてくれてるんだな
あなたが一番面白いと思う
人妻の星!!
ありがと
ありがとう
高橋 ゆうすけ
正正正
人気の漫画が一目でわかるな

小林さん
はい
服はスーツじゃなくていいよ
こいつ赤のアロハシャツ着てきて社長に怒られたけどね
アロハシャツ以外なら何着てきても大丈夫すよ
はあ
すごい職場
ハガキの中から使える投稿見つけてね
投稿
小林さんの担当はこの雑誌丸ごと一冊だから
ずずい
漫画雑誌だけど記事ページもあるし風俗店の紹介ページもある
記事ページには先に手をつけてね

今日は初日だから
とりあえず
本をよく読んで
はい
表紙でパチスロの本と
見せかけて
中身はエロ漫画
打ちまくれ!!
コンビニで
買いやすいようにとの
気遣い
巻頭は
パチスロの台の
紹介
パチスロを絡めた
エロ漫画
風俗店の紹介
コラム
読者ページ
エロ漫画を
知らない私が
この本を作る
パチスロ
プラス
エロという
新しいジャンル

ゴオオオオオ
私は今日から社会人！
××パチスロ
小林さん
はい
今日はもう帰っていいよ
初日だし
編集ってもっと過酷かと思ってた

おはようございまーす
やっぱり編集は昼頃出社なのだろうか
経理の人はきている
プルルル
はい有限会社スターズです
ガチャ
沖田正也の漫画パチスロガイドでやってるのとほとんど同じなんだよ
はい
沖田正也にもっと違う漫画描けって言っておいてよ

クレームも一味違うな
カチャ
おはよーございます
おはようございます
ホッ
十時には来るんだな
読者ページの作り方教えるから
はい
レイアウトは前の号を参考にしていいから
今月のうっかりミス
イラストがあれば華やかになるけど金がかかるからなー
・・・
読者からのお便りに小林さんが答えていって
はい

みんな
パチスロのこと
書いてる
今日は
クランキーコンドルを
打ってきた
パチスロが
全くわからない
どうしよう
適当に
書こう
これどこに
しまえばいいですか
後ろの棚
ん
ファンの人から
漫画家の先生にだ
なんで
放っておいてる
のかな

ガサガサ
小林さん なにやってんのー!!
え!? いけないいんですか?
その中身怖くてみんな開けれなかったんだよ
電話すごいし
俺呼び出されたことある
爆弾が入ってると思ってた
中身なに?
ゲームの設定資料集です
よかったー

それ三年間誰も触らなかったからね
フー
・・・
しょっぱなからパンドラの箱を開けてしまいました
進行表
14:00
打ち合わせ
カラー〆日
漫画家からネームをもらって写植の指定
そのあと原稿の受け取りカラーはモノクロより先に入稿
18:00
14:00
〆日

締め切り前はめちゃくちゃ忙しいぞ！
今日は三時から打ち合わせだ
打ち合わせってなにを話せばいいんですか
小林さんは挨拶すればいいから
どうも～
どうもお世話になってます
本物の漫画家・・・
こっちは新しい担当の小林です
小林といいますよろしくお願いします

佐藤先生 次は どういう感じに しますか
考えている のは・・・
うん うん
先輩から 何か 学ばなければ
良さそうですね
もう 終わり?
じゃあ こんな感じで
ペラ ペラ
雑談・・・
わははは
じゃあ そろそろ
そうですね
打ち合わせが 必要なのは 佐藤先生と 林檎先生と アキラ先生だけ
他の先生は 打ち合わせ しなくて いいから
え? そうなんですか?

おまかせでも面白いの上がってくるから
はあ
ネームこれから送ります
よろしくお願いします
この先生のネームは見やすいな
助かる
だからいっただろ
だって…
佐藤先生文字が読めないいんだよな
ベテランだから言えないけど
文字の指定は編集のセンスが問われるな
ここは強調して太字の方がかっこいいかな
何やってん

編集者が漫画家にできる最高のプレゼントは良い写植
写植きたよ
はい
うっ
読めなかったセリフそのまま渡したけど写植屋さんも読めなかったか
怒っただろうなひ～
漫画家に直接聞くしかない
五ページ目の上から二番目のセリフは
「そこがいいのもっと攻めて」でいいんですね

処女
私セックスできるのかな
カチャ
ネーム読もう
あっ
もうちょっとストーリー欲しいなあ
エロシーンももっとエロくしたい
これどう思います
どれ
うーーん
これでいいんじゃない
先輩がいいというのなら

漫画家は
送ってきた
ネームが完璧だと
思って
いるからな
ムリして
直すことないか
やっと
終わった
十時か!
ここんとこ
毎日遅いよ〜
とぼとぼ
プシュ
ゴク
ゴク
ゴク
月給十二万だけど
残業代つくから
大丈夫だよね
フー
残業代も
社会保険もない会社だと
知らずに入社していた

今週は原稿がたくさん上がってくるなー
17
18
原稿受け取りに行ってきます
はーい
お腹減ったお昼食べてない
ガタン
ゴトン
ありがとうございましたー
大人になって立ち食いするの恥ずかしいよー
漫画家ごとに待ち合わせ場所が違うから覚えられない
すた
すた
東京の地理むずかしいよー

間に合った
ペこり
あ どーも
原稿拝見します
や はずかしいな
ページ数だけ確認すればいいか
いち にい さん
エッチな内容で恥ずかしいな
ありがとうございました
じゃあまた
ガサゴソ
生原稿ってすごいキレイ
この原稿をなくしたら
私は死ぬ！

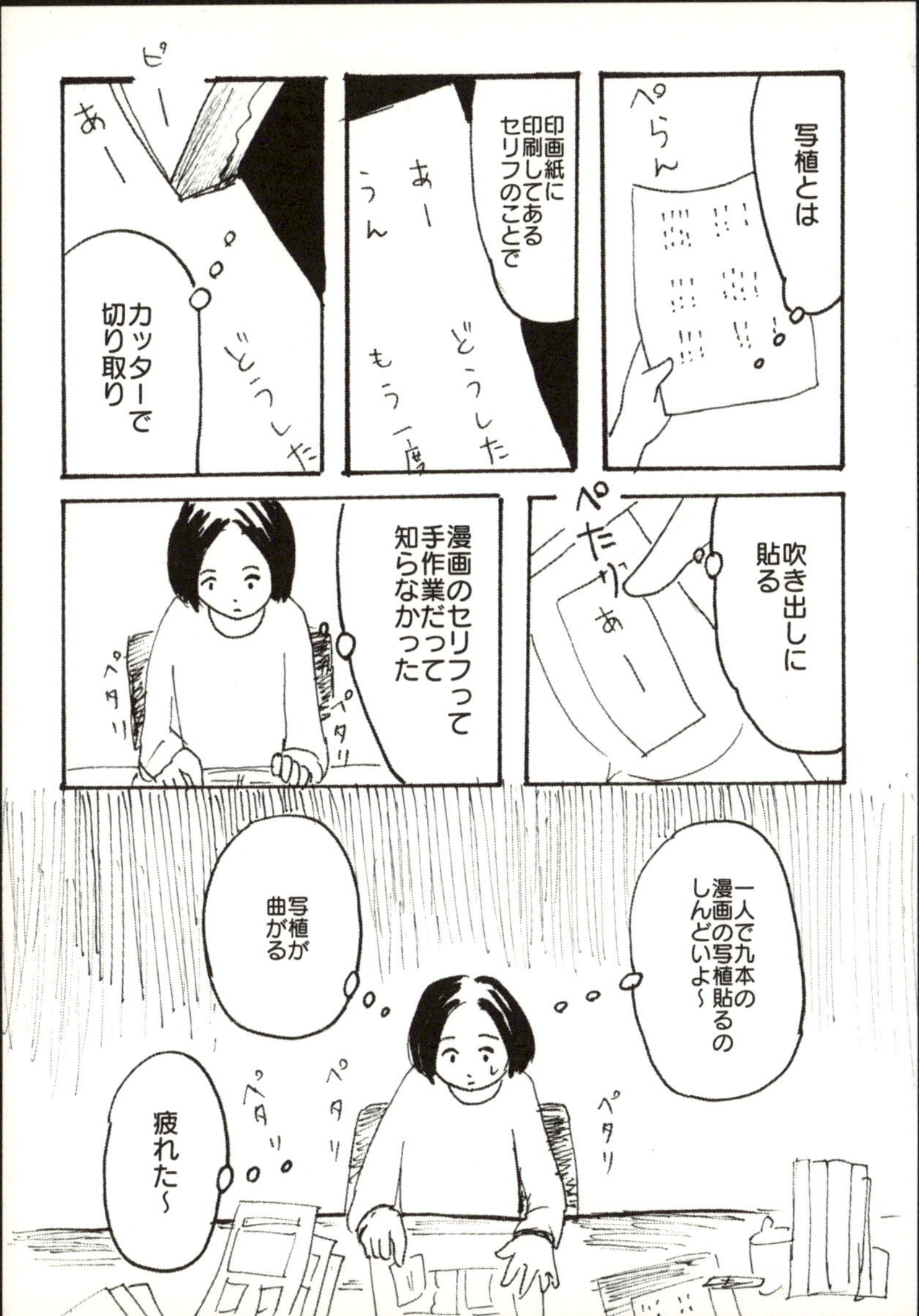
写植とは
ぺらん
印画紙に印刷してあるセリフのことで
あー
うん
どうした
もう一度
ピー
あー
カッターで切り取り
どうした
吹き出しに貼る
ぺたり
あー
漫画のセリフって手作業だって知らなかった
ペタリ
ペタリ
一人で九本の漫画の写植貼るのしんどいよ～
写植が曲がる
ペタリ
ペタリ
ペタリ
疲れた～

原稿です
〇×印刷
やっと全部入稿した
校正あがってるよ
はい
文字の間違いがないかチェック
何をいってるの!
じー
校了
ザシュ
校了
校了
校了
ザッ
ザッ

今月の本
終わった～
よろよろ
ガチャ
疲れたな
ぐび
小林さん
本
刷り上がったよ
わー
コンビニ
行ってきます
あった!
私が
作った本
私の仕事は
エロ漫画の編集です

ちょっと変わった仕事ですが
よみ禁止
パラララ
とても誇らしいのです
私が作った本！

デザイナーさんのところに行ってきます
このマンションだ
○×ビル
色校（印刷見本）上がりました
どうも
うーん肌の色がくすんでるな
この映画の広告のデザインやってるんだ
すげえ

色の修正の指示しといたから
はい
ありがとうございます
ぺこり
飲みたいな
やめておこう お金ない
とぼとぼ
土曜日
やばい 病院が閉まる
眠い
眠い
ピンポンピンポン
すいませーん
メンタルクリニック
はい
通院しているものです 薬だけでも欲しいんですけど
三千四百円です
はい
高い

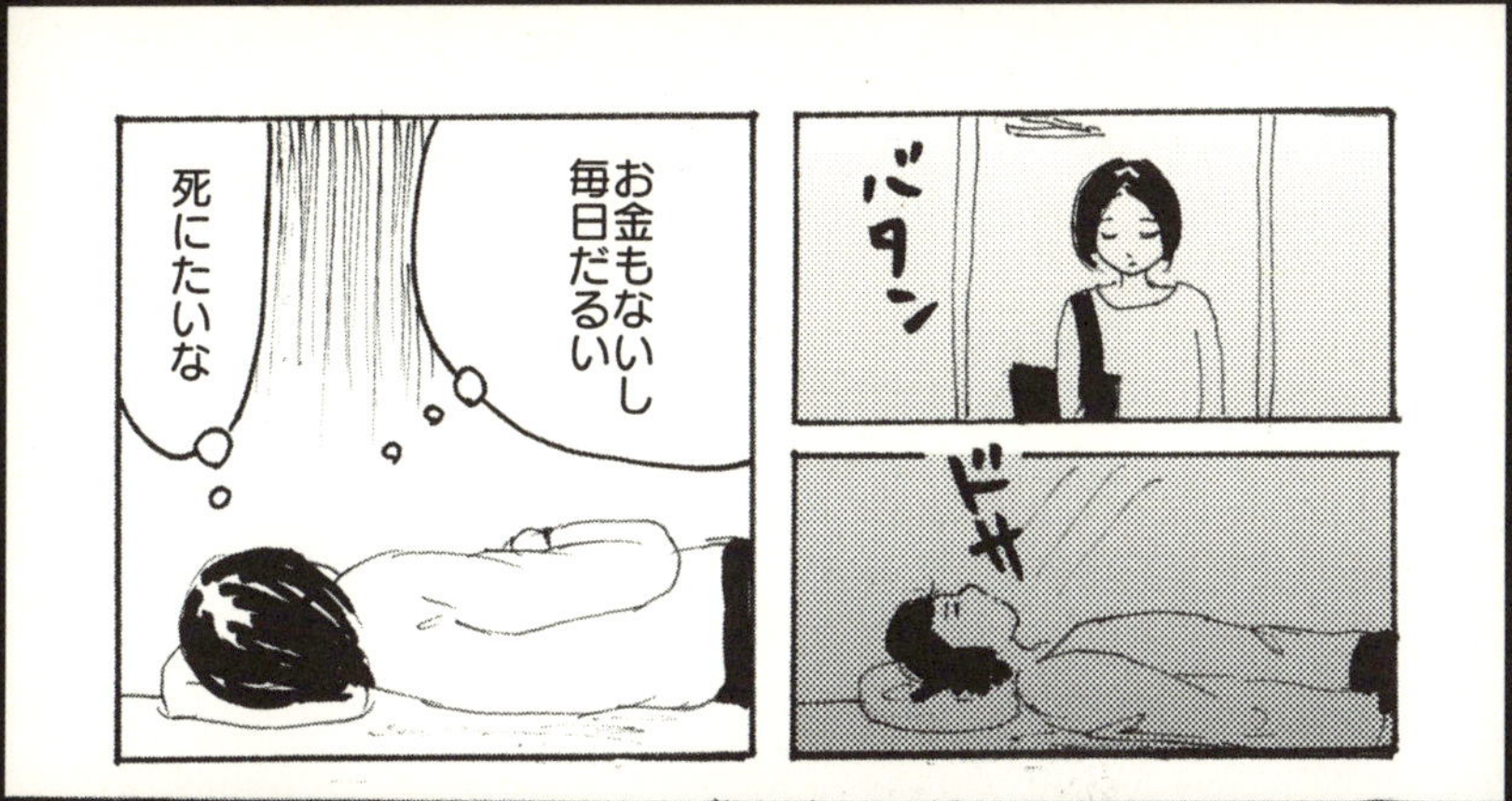

月に十二万で東京で
生活するのは厳しいです

初めての一人暮らし
初めての仕事

自分の仕事や会社を
疑う余地すら
ありませんでした

次回は主人公がマッドサイエンティストのところに行くのはどうでしょう
いーねー
そこで媚薬を飲んでしまって
会社で考えてきてよかった
うん
いいね
いや～
うちのアシスタントの子供が
アシスタントに子供がいるんですか？
家族を養ってるよ
アシスタントで！
プロのアシスタントだから
一生アシスタントなのだろうか
この漫画家の連載がなくなったら
アシスタントの家族が困るのでは？

打ち切りに
ならないように
したい
お疲れ
飲みに行こう
はい
仲のいい
先輩が
出来た
同僚はみんな男だった
今日は
どこで飲もう
金ねーんだよな
うちで
飲みますか？
家なら
お金
かからないし
じゃあ
そうするか
いつも
おごって
もらってるし
場所くらいは
お邪魔
しまーす
どーぞ

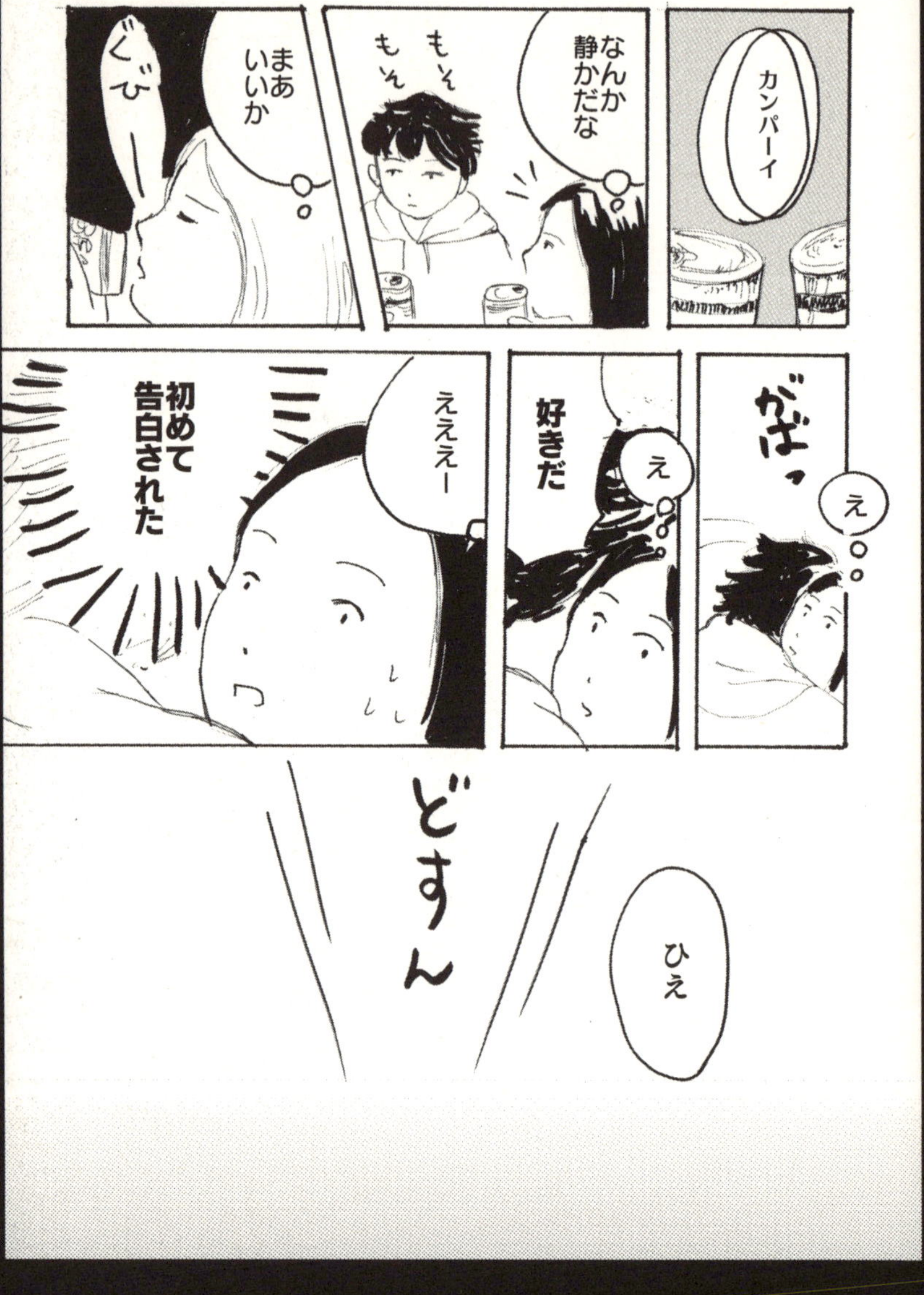
カンパーイ
なんか静かだな
もそもそ
まあいいか
ぐび
がばっ
え
好きだ
え
えええー
初めて告白された
どすん
ひえ

痛い
ムリムリムリムリ
やめてやめてやめてやめて
いたたたた
本当にやめて
・・・
ひーん
俺のこれどうすんの？
知らないよ！
でも付き合うことにした
これやるよ
ピンクローター→
モテない女に選択肢はない

打ち切り
ずっと最下位じゃん
はい
佐藤先生切るの？
好きに描かせればいいじゃん
うーん
うーん
描きたいものがあるんですよね
佐藤先生に好きに描かせてた罰だ
ハー
ピポパ
佐藤先生打ち切りです
えっ
すみません今決まりました

・・・・そうですか
佐藤先生
最終回だけでも最下位抜けましょう
えっ!
最終回のストーリー私に書かせてください
最終回を一位で飾りましょう

ドサッ
とにかくエロくする
キャラを活かす！
うーん
うーん
打ち切り決まってからじゃしょうがないかもしれないけど
描きたいように描かなければ人気が出ることを証明したい

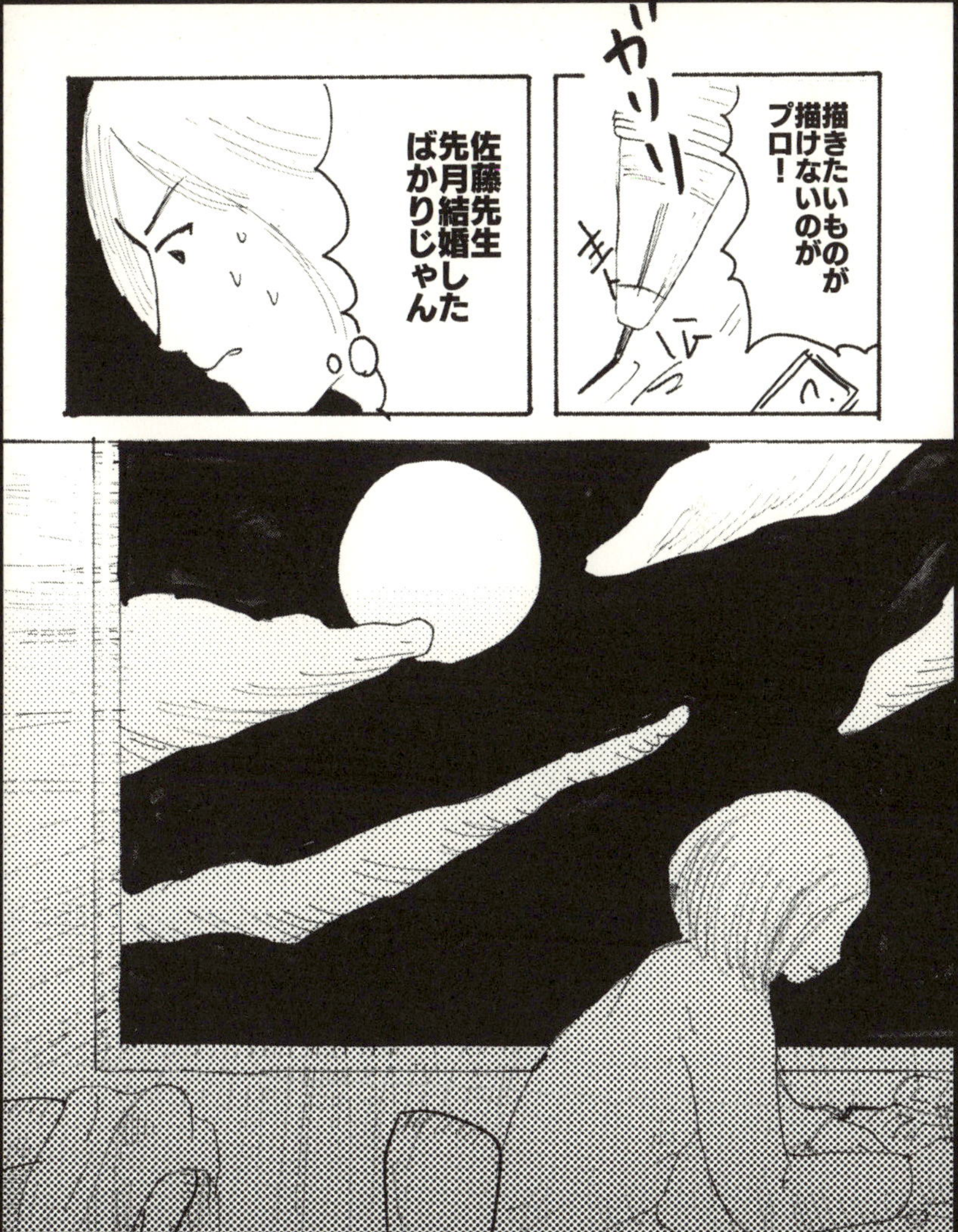
描きたいものが描けないのがプロ！
ガリリ
佐藤先生先月結婚したばかりじゃん

アンケート
一位じゃないけど
五位
よかった
五位でした
はい
はい
小林さん
給料明細
はい
ぺらん
支給額
120,000
どんなに働いても
私はずっと
月給十二万のままなんだ
死にたい
死にたいよー
うわあーーん

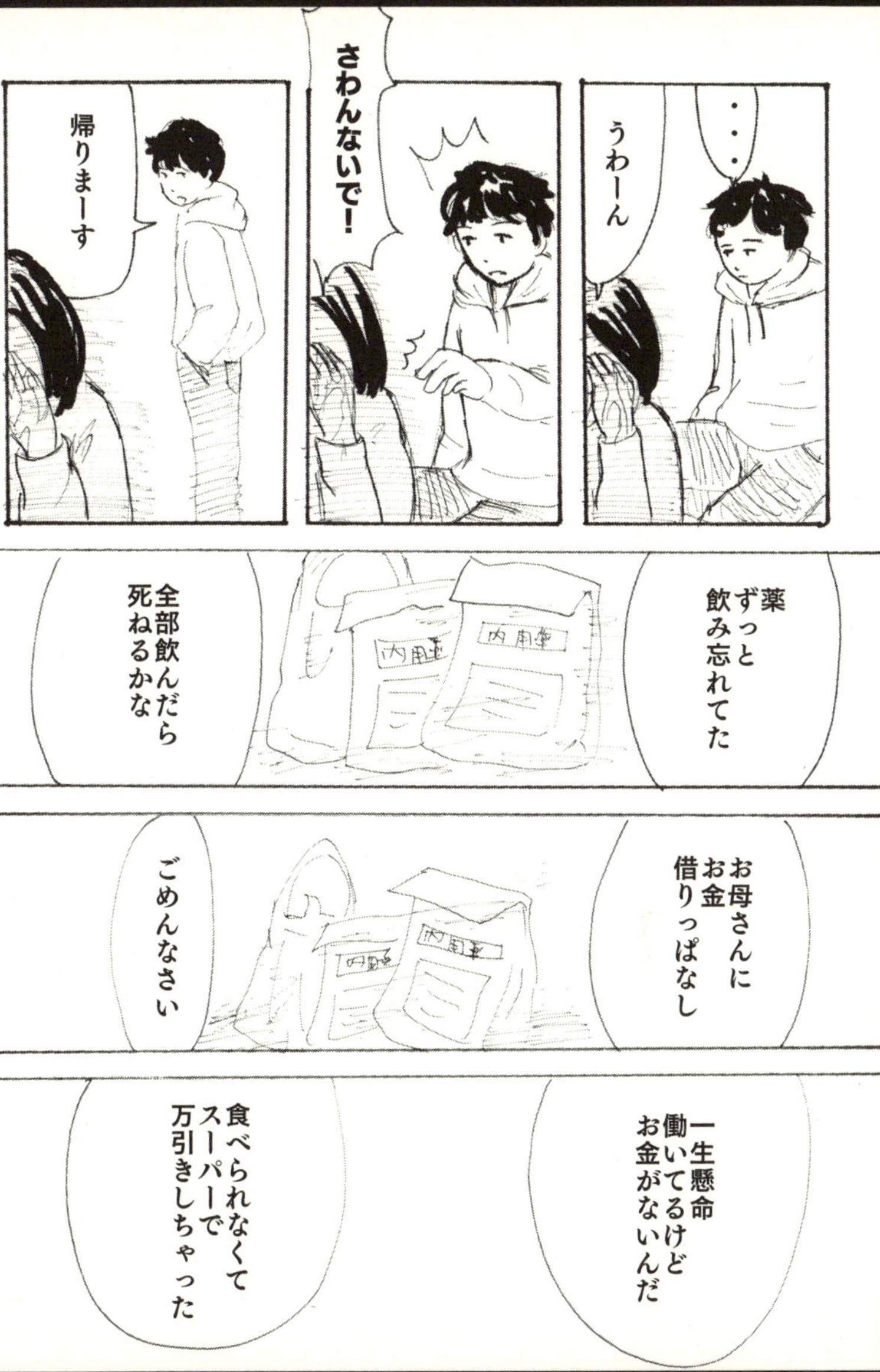
・・・
うわーん
さわんないで!
帰りまーす
薬ずっと飲み忘れてた
全部飲んだら死ねるかな
お母さんにお金借りっぱなし
ごめんなさい
一生懸命働いてるけどお金がないんだ
食べられなくてスーパーで万引きしちゃった

プチプチ
ザラザラ
ごくごく
プチプチ
ザラザラ
ごくごく
さようなら

恨んでる？
誰を？
会社の人
うーん
大変だったけど
仕事
任せてくれたし
編集
楽しかったし
恨んでないよ

彼氏は?
うーん
好きって言ってくれたし
初めてだったから
そういうの
誰のことも
恨んでないよ

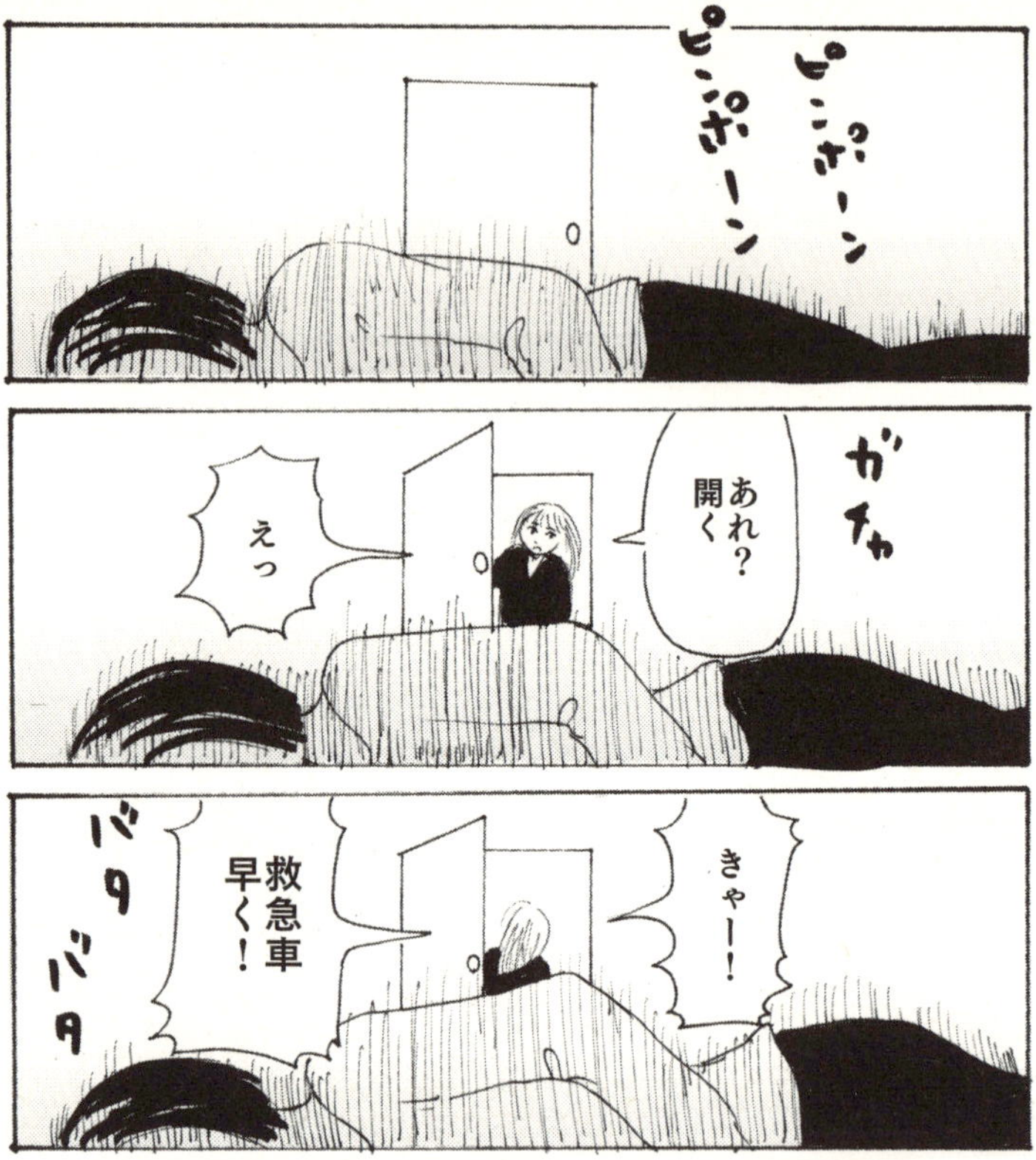
ピンポーン
ピンポーン
ガチャ
あれ？
開く
えっ
きゃー！
救急車
早く！
バタ
バタ
ピーポー
ピーポー
友達なんです
一ヶ月前は
元気だったのに
なんで
どうして

ピーポー
ピーポー
私の編集者生活は
こうして幕を閉じました
99-05

著者プロフィール

小林エリコ

1977年生まれ。茨城県出身。短大卒業後、エロ漫画雑誌の編集に携わるも自殺を図り退職、のちに精神障害者手帳を取得。現在も精神科に通院を続けながら、NPO法人で事務員として働く。ミニコミ「精神病新聞」を発行するほか、漫画家としても活動し、ウェブ上で発表された「宮崎駿に人生を壊された女」が話題となる。同人誌即売会「文学フリマ」にて頒布された『生活保護を受けている精神障害者が働くまで（仮）』を大幅に加筆修正した本書が初の著書。

この地獄《じごく》を生《い》きるのだ

うつ病《びょう》、生活保護《せいかつほご》。
死《し》ねなかった私《わたし》が「再生《さいせい》」するまで。

2017年 12月 15日　初版第1刷発行

著者　小林《こばやし》エリコ

装画　嘉江
装丁　惣田紗希
本文DTP　臼田彩穂
編集　方便凌

発行人　北畠夏影
発行所　株式会社イースト・プレス
〒101-0051
東京都千代田区
神田神保町 2-4-7 久月神田ビル
TEL : 03-5213-4700
FAX : 03-5213-4701
http://www.eastpress.co.jp

印刷所　中央精版印刷株式会社

ISBN978-4-7816-1608-7　C0095